元仔狼の冷徹国王陛下に溺愛されて困っています！

★

朧月あき

Aki Oboroduki

目次

元仔狼の冷徹国王陛下に溺愛されて困っています！　5

書き下ろし番外編
湖でイチャイチャするなんて聞いてません　349

元仔狼の冷徹国王陛下に溺愛されて困っています！

第一章　森でかわいい仔狼を拾いました

レイラはその日、籠を片手に、住み慣れた森を奥へと向かっていた。

薬の材料の、エポックの花を採るためだ。

肩下までのキャラメル色の髪を揺らしながら、着古したエプロンを身にまとい、鼻歌交じりに森を行く。木陰からリスやウサギが顔を出し、そんな楽しげな少女の様子をうかがっていた。

生い茂る木々のせいで真昼でも薄暗いこの森は、見た目の不気味さから、〝死霊の森〟と呼ばれている。森に入ったら最後、二度と出られないと噂されており、近づく人間はまずいない。

三六〇度どこを見渡しても同じような景色のため、その噂はあながち嘘でもなかった。

おかげで、盗賊にも人さらいにも、孤児院に連れていこうとする大人にも、今まで一度も会ったことがない。

生まれた頃からこの森で育ったレイラだけが、この森のことを熟知していた。

つまり、齢十二にしてひとり暮らしのレイラにとっては、これ以上ないほど心地いい住処だったのである。

湿った土の匂いがする。エポックの花が生えている湖まで、あと少しだ。

適度な湿りけのある土壌と、特異な日照条件が揃わないと、エポックの花は育たないといわれている。〝死霊の森〟はそれらの条件を満たした稀有《けう》な場所なのだと、かつて祖父が話していた。

だんだんと、木々の間から湖が見えてくる。

暗い森の中で薄ぼんやりと湖水の輝く景色は、まるで人知れず輝く宝石のようで、いつ見ても美しい。

だが目的地にたどり着くなり、レイラははたと足を止めた。

湖のほとり、咲き誇るエポックの花に埋もれるようにして、獣のような影がぐったりと横たわっていたからだ。

レイラは、おそるおそるそれに近づいた。

輝く銀色の毛並みに、フサフサの尻尾。どうやら、狼の子供のようだ。

（狼なんて、この森にはいなかったはずよ。きっと、森の外から迷い込んできたのね）

よく見ると、後ろ足から流血している。肉球が見えなくなるほど血にまみれていて、見ているだけで痛々しい。森をさまよっているうちに、落ちていた枝などで負傷したのだろう。

（死んでいるのかしら？）

微動だにしないため、不安になりながら背中に触れてみる。

すると、くったりとした三角耳が微かに動いた。どうやら息はあるようだ。

レイラは、その仔狼を家に連れ帰ることにした。まだ小さく、レイラの両腕で抱えられる程度の大きさなので、運ぶのに問題はなさそうだ。

狼が凶暴な生き物だということは知っているが、まだ子供だし、きっと大丈夫だろう。愛くるしい顔立ちのせいか、狼というより仔犬のようにしか見えない。

エポックの花摘みは中止にし、レイラは仔狼を抱えると、うんせうんせと森を引き返し、丸太小屋に戻った。息をつきながら、ぐったりしている仔狼をそっと自分のベッドに寝かせる。

続いてたらいに水を用意すると、傷ついた後ろ足をきれいに洗い、作り置きしておいた万能薬を塗り込んで清潔な包帯を巻いた。

お腹が空いているかもと思い、先日仕入れた燻製ベーコンを皿に入れて鼻先に置いてみる。

するると、気を失っているはずの仔狼の鼻がひくひくと動いた。

「クウン……」

ベーコンの匂いにつられるように仔狼は目を開けると、よろよろと顔を上げる。

それから横になったまま、皿の上のベーコンをもしゃもしゃときれいに平らげてしまった。

しまいには、ペロリと口の周りを舐めながら、琥珀色のつぶらな瞳でじっとこちらを見つめてくる。

「おかわりがほしいの？　いいわよ、どうぞ召し上がれ」

微笑みながら、レイラは残りの燻製ベーコンをすべて皿の上に置いた。

森に住むレイラにとっては高級な食糧だが、そんなキラキラとしたまなざしで見つめられたら、期待に応えないわけにはいかない。

仔狼はパッと目を輝かせると、おかわり分もすぐに空にしてしまった。それから傷ついた足をかばうようにしてもふもふの体を丸めると、力尽きたようにスースーと寝息をたて始める。

（なんてかわいいの）

仔狼の愛くるしい寝姿に、レイラの胸がきゅうんと鳴る。レイラはそっと仔狼の背中を撫でると、もふもふの毛並みに頬を寄せるようにして、一緒に夜を明かしたのだった。


レイラ・ブライトン。それが、レイラの正式な名前だった。

ブライトン家は曽祖父の代からこの森に住んでいる、薬師の一族だ。

彼女の暮らしを支えているのは、代々伝わる万能薬である。

子供ながらに万能薬の調合法を完璧に覚えているレイラは、調合した万能薬を定期的に王都エンメルの市場まで売りに行って、生活費に換えていた。

レイラに、両親の記憶はない。

彼女がまだ赤ん坊の頃、薬を売りに行く途中で事故に遭い、帰らぬ人となったからだ。

レイラを育てたのは祖父である。

だがその祖父も二年前に亡くなり、以降レイラはひとりで生きてきた。

祖父が亡くなって間もなくはつらかったが、くよくよしてはいられなかった。

『レイラ、苦しいときほど笑顔を忘れてはいけないよ。前を向いていれば、必ずお前は幸せになれるから』――そんな祖父の口ぐせを思い出したからだ。

今にして思えば、祖父はレイラがひとりになっても気丈に生きていけるよう、その言葉を耳に焼きつけてくれたのだろう。

天涯孤独のレイラの支えとなる人は、自分自身以外どこにもいない。

レイラは生まれ育ったこの森が大好きだった。

青々とした葉が朝露に濡れるみずみずしい朝、宝石のような木漏れ日が地面で煌めく清々しい昼。

いつの頃からか〝死霊の森〟と呼ばれ、人々から畏怖されるようになったが、実際この森は本当に美しかった。

森の奥に行けば、エポックの花だけでなく、多種多様の草木や花、果実やキノコが生えている。

それらの自然の恵みすべてが、ここで暮らすレイラのものだった。

森で生まれ育ったレイラにとって、自然の恵みは、もっとも身近で愛すべき存在だ。

新しい花やキノコを見つけたら、自宅にある古びた辞典で名前や生態を調べて知識を深め、スケッチして成長を観察することもあった。

ときどき見かけるリスや鹿もかわいらしく、レイラの心を癒してくれる。

だから、レイラはひとりきりでも平気だった――はずなのに。

（すごく、あったかいわ）

仔狼に寄り添い目を覚ました翌朝、頬に触れるもふもふの温もりに、レイラは今までにない幸せを感じてしまった。

この小さな丸太小屋に、自分以外の温もりが存在することが、こんなにも安心するなんて。

祖父を失ってからというもの、くよくよしていられないと気丈に生きてきたが、本当はずっと寂しかったのだと思い知らされる。

そうこうしているうちに、仔狼も目を覚ましたようだ。

まぶしそうに目を細め、クンクンと鼻を鳴らしながらあたりの匂いを嗅ぎ、不思議そうにレイラを見つめてくる。

やや警戒心を抱いている様子だが、怯えてはいない。

傷の手当をしたり食べ物をあげたりしたから、害のない人間だと認識してくれたのだろう。

仔狼が安心できるよう、レイラはにっこりと微笑んだ。

「おはよう。お腹が空いた？　待っててね、今、朝ご飯を作ってあげるから」

それから台所に行くと、パンにチーズをたっぷりのせて、オーブンでこんがりとあぶる。

（そういえば昨日の夜、燻製ベーコンを美味しそうに食べていたわね）

だが、あいにく燻製ベーコンの在庫はもうない。

だから代わりに保存用の干し肉を取り出し、軽くフライパンで焼いた。

香ばしい湯気を立てている皿を手に寝室に戻ると、まだまだ足の怪我が癒えそうにない仔狼の鼻先に置いてやる。

仔狼はちらりと上目遣いでレイラを見て、おそるおそるといった風に、料理の匂いを嗅いだ。

そしてすぐにペロリと舌なめずりをすると、あっという間にチーズパンを平らげてしまう。

それからまるでお礼を言うように、レイラの手の甲を舐めてきた。銀色の尻尾が、嬉しそうにパタパタ揺れている。

どうやら、今度こそ警戒心が完全に解けたようだ。

「ふふ、優しい子ね」

レイラは微笑むと、仔狼のもふもふの頭を優しく撫でてやった。

「ねえ、あなたはどこから来たの？　名前はなんて言うの？」

「クウーン」

「私に狼語は分からないわ。だから名前をつけてもいい？」

「ウォン！」

肯定するように、仔狼がひときわ高い声で吠えた。

とっておきの名前をつけるために、レイラは仔狼をじっと観察した。

一夜明けて改めて見ると、銀色の毛並みを持つこの狼はとても美しい。本物の狼を見たことがないので比べようがないのだが、狼とはこれほどまで美しいものなのだろうか。

何よりも目を引くのが、キラキラと輝くその瞳だった。

「あなたの琥珀《アンバー》の瞳、朝焼けの空みたいでとてもきれいね。だから、〝アンバー〟っていう名前はどう？」

仔狼は首を傾げたあと、気に入ったと言わんばかりに、三角耳をピンと立てる。

それから「ウォンッ！」と威勢よく鳴いた。

「じゃあ、今日からあなたのことをアンバーって呼ぶわ。分かった、アンバー？」

「ウォン、ウォン！」

レイラの献身的な看護のおかげで、アンバーの足の怪我はみるみる回復した。

三日もすればよたよたと歩けるようになり、一週間もすれば走り回れるようになった。

怪我が治って以降も、アンバーはレイラの傍を離れようとせず、レイラもそれを拒みはしなかった。

食事のときも、エポックの花を摘みに行くときも、湖で水浴びするときも、いつも一緒。

次第にアンバーは、レイラにとって家族同然の存在になっていった。

「アンバー。この籠、小屋まで運んでくれる？」

「ウォン！」

「アンバー。このスープ、初めて作ってみたんだけど、すごく美味しくない？」

「ウォウン！」

「アンバー。見て。とってもきれいな花が咲いているわ」

「ウォンッ！」

アンバーは、賢い狼だった。レイラの言葉を理解し、いつも返事をしてくれた。

そのうえお手伝いをしたあとは、褒めてと言わんばかりにお座りして、尻尾をパタパタさせるのだ。フサフサの銀色の毛の隙間から覗く、澄んだ琥珀色の瞳に期待のまなざしをのせて。

あまりにも愛らしいその姿に、レイラの胸は毎回きゅううんと締めつけられてしまう。

そしてアンバーに抱き着き、首筋に鼻先を埋めて、「アンバー、あなたは本当にいい子ね」と思う存分もふもふを堪能するのが決まりになっていた。

夜も、レイラとアンバーは必ず一緒だった。

「あなたは小さいのに、あったかいのね。すごくホッとするわ」

「アンバー。ほら見て、あの星とってもきれい」

「しっかり食べて、どんどん大きくなるのよ。私はずっと、あなたの傍にいるから」

粗末なベッドの上で、寝るまでの間、レイラはアンバーにたくさん話しかけた。

アンバーはレイラの言っていることを理解しているかのように、いつも真摯なまなざしを向けてくる。そのうちどちらからともなくウトウトしてきて、ふたり身を寄せ合うようにして眠りにつくのだ。

レイラは、実は夜が苦手だった。

森の夜は、月明かりすらまともに届かないほど暗い。どんなに気丈に振る舞っても、見えない闇に対する恐怖だけはぬぐえず、毎夜レイラを悩ませてきた。

だがアンバーと一緒に寝るようになってから、レイラは夜が怖くなくなった。

こんなに小さな生き物に、それほどの力があるのかと驚くほどに。

「アンバー。私、あなたが大好きよ」

時折、レイラはベッドの中でアンバーをむぎゅっと抱きしめながらこう告げた。

アンバーが来てからというもの、毎日が楽しくて仕方がないからだ。

そんなときアンバーはいつも琥珀色の瞳を輝かせ、レイラの鼻先をペロリと舐めてくれるのだった。

『僕も、そう思っているよ』――まるで、そう答えるかのように。

そして気づけば、レイラとアンバーが一緒に暮らすようになって、二年の歳月が流れていた。


その朝、レイラは調合したばかりの万能薬が入った小瓶を割れないよう布で包み、ひとつひとつ丁寧に籠に詰めていた。いつものように、王都エンメルにこの薬を売りに行くためだ。

「アンバー、納屋から籠をもうひとつ持ってきてくれる？　籠ひとつじゃ、全部入りきらなかったの」

「ウォン！」

アンバーは弾丸のように丸太小屋を飛び出すと、あっという間に目当ての籠を口に咥えて戻ってきた。

「あら、もう戻ってきたの？　また走るのが速くなったんじゃない？」

「ウォン！　ウォン！」

褒めてと言わんばかりに尻尾を振りながら、しきりにぐるぐる回っているアンバー。

レイラがふかふかのその頭を撫でてやると、アンバーは満足そうにハッハッと舌を出すのだった。

この二年のうちに、アンバーはずいぶん大きくなった。

まだ大人の狼ほどではないが、レイラの両腕ではもはや抱えきれないほどにまで成長している。

柔らかかった胸が硬くなり、四肢もがっちりとしてきた。

運動能力も目に見えて発達しており、最近は器用に前足を使って、湖から魚を捕ってきてくれるのが日課になっている。

一方のレイラも、十四歳になっていた。

腰まで緩やかに流れるキャラメル色の髪、森の湖水を思わせるエメラルドグリーンの瞳、小ぶりな鼻、薄桃色の唇。

ほっそりとした体は、年齢を重ねるに従って徐々に女らしい凹凸を帯びてきている。

王都に行くたびに男たちの視線を引きつけているのだが、ひとり暮らしが長いレイラは人一倍鈍感なため、まったく気づいていない。

「よし、これで全部入ったわね」

ふたつの籠の中には、布に包まれた万能薬の瓶がぎっしりと詰まっていた。

代々伝わる万能薬は、湖のほとりで採れる、エポックの花を主原料としている。

ほかにも二十四種類の薬草が調合されていて、ふわりと漂う自然の恵みの香りが特徴だった。

傷口、痒み、打ち身、喉の痛み。ありとあらゆる体の不調を緩和させる効果があり、王都にはレイラが売りに来るのを楽しみにしている客もいる。

「では、行ってくるわ。お土産に燻製ベーコンを買ってきてあげるから、ちゃんとお留守番してるのよ」

「クウン……」

きちんとお座りしたまま、アンバーが寂しげに鳴く。

レイラを見上げる琥珀色の瞳には、目に見えて悲しみがにじんでいた。

レイラが王都に薬を売りに行くたびに、アンバーはこんな目をする。

「アンバー、いつもごめんね。だけどあなたに悪気がなくても、街の人はあなたを見たら驚いてしまうの。騒ぎになったら、あなたの身が危険だわ」

人間を襲う恐れのある狼は、たとえ子供であろうとも、見かけたら射殺してよい決まりになっている。

ザルーラ王国は小国だが、物流が盛んで、王都エンメルには大陸から多くの人々が集う。

そんな中に突如狼が出没したら、騒ぎになるのは必然だった。

「クウーン、クウーン」

それでも寂しさがぬぐえないのか、アンバーはレイラの足に体をすり寄せてきた。自分を求めるその愛らしい仕草が、レイラの乙女心を刺激する。

たまらなくなったレイラは、しゃがみ込むと、アンバーの体をぎゅっと抱きしめた。

「私もあなたと離れるのはつらいの。でも分かって、アンバー。森にある資源だけでは、私たちは充分に暮らしていけないの。あなたと平和に暮らすためには、どうしてもお金が必要なのよ」

アンバーが、小さく頷いた。

レイラが出かけるとき、アンバーはいつも寂しそうだが、レイラを引きとめたり、無理に追いかけてきたりはしなかった。賢い子だから、レイラの言いたいことをしっかり理解しているのだろう。

今回も、ちゃんと自分のすべきことを分かっているようだ。

そんなアンバーが、レイラは愛しくてたまらない。

「いい子ね、大好きよ」

我慢できず、愛くるしいその口にちゅっとキスをする。

もふもふすぎて、ちゃんと口に当たったのか、はっきりとは分からなかったけれど。

「ふふ。私のファーストキスよ」

レイラがにっこりと微笑むと、アンバーの琥珀色の瞳がぎらついた。

それは、レイラが今まで見たことのない凶暴な目つきで、背筋にゾクッと震えが走る。

（え……？）

戸惑ったのは一瞬のことだった。

アンバーがくわっと牙を剥《む》き出しにし、レイラの柔らかな首筋に噛みついたのだ。

――ガブッ！

そんな音がはっきり聞こえるほど、勢いよく牙を立てられる。

驚いたレイラはアンバーから身を離すと、噛まれた箇所を手で押さえた。

呆然と目の前のアンバーを見つめる。

先ほどのまなざしが嘘のように、今のアンバーは、もふもふの普段と変わらない愛くるしさに満ちていた。

（何、今の……？）

ドクドクと、心臓が早鐘を打っている。

チェストから手鏡を取り出して確認すると、首の後ろあたりに、噛み痕らしき朱色の点がくっきりついていた。だがまったく痛くないし、血も出ていない。

（噛まれたのに痛くないなんてこと、あるのかしら？）

疑問に思ったが、痛くないにこしたことはない。

それに、何事もなかったかのようにパタパタと尻尾を振っているアンバーに、悪意があったように思えない。

じゃれているうちに誤って牙が当たってしまったのだろうと、レイラは自己完結することにした。

そして気を取り直すと、明日には帰るとアンバーに言い残して、万能薬を詰めた籠を手に王都に向けて出発した。


レイラの住むザルーラ王国は、その昔、大陸の大半を占める大国だった。

だが年月を経るに従い、次々と侵略され、今では小国と呼ばれるまでになり果てた。

そして今なお、その豊かで利便性のよい国土を、血気盛んな国々に狙われている。

だが現国王は軍事力に乏しく、他国に侵略されるのも時間の問題と、まことしやかに囁かれていた。

〝死霊の森〟を出たレイラは、近くに住む顔なじみの初老の農夫のもとに向かった。彼も定期的に農作物を王都まで売りに行っており、いつも快くレイラを馬車に乗せてくれた。

間もなくしてレイラは、農夫とともに王都エンメルに到着した。

賑わう街の中心には、国王が住まう気高きザルーラ城がそびえている。

幾重もの尖塔が連なる白亜の宮殿は、圧倒されるほど広大で、かつて飛ぶ鳥を落とす勢いだった頃のこの国を彷彿とさせた。

弱小国ではあるが、何百年も続く格式高い王室である。

城には王族と高位貴族しか入ることを許されておらず、王都の中心にあるとはいえ、平民にとっては手の届かない雲の上のような場所だった。

堀に囲まれたザルーラ城から放射状に広がる王都は、富裕層の居住区、平民の居住区、商業区のおおむね三つの区域に分かれている。

レイラが薬を売りに行く市場は、商業区の中心部にあった。

「お、レイラだ。いつもの薬をおくれ」

「待っていたよ、これがないと、ばあさんが腰が痛いってうるさくってねえ。今日は二本買っていいかい？」

レイラが籠を手に市場を歩けば、常連の客が次々と声をかけてくる。

そのため、呼び込みをしたり、こちらから売り込んだりする必要はなかった。

「レイラ、俺もひとつ買うよ」

「ありがとうございます。四十ガルスです」

「はいよ、釣りはいらねえぜ。その薬のおかげで娘の怪我があっという間によくなって、感謝してるんだ」

「まあ、ありがとうございます！」

薬師であるレイラの一族は、祖父の代からこの市場で万能薬を売っているため、今では愛用者がたくさんいる。

といっても薬師と呼べたのは父の代までで、薬師登録をしていないレイラは厳密には薬師ではない。幼くして家族を失ったため、薬学を教えてもらう時間がなかったのだ。

それでも父親代わりとなってレイラの面倒を見てくれた祖父は、万能薬の調合法だけはしっかりと幼いレイラの頭に叩き込んでくれた。

この薬が糧となり、レイラの生活を支えてくれるのを、分かっていたからだろう。

万能薬は、クリーム状の塗り薬である。大病を治癒することはできないが、怪我の治りが早まったり、腹痛がよくなったり、どんな不調にもまずまず効く。

ちなみに万能薬の調合法を記した文書は、ブライトン家の家宝として、丸太小屋の棚の奥に大切にしまわれていた。暗記しているため、特に見る必要もなく、目にしたことがあるのは一度だけだが。

レイラの用意した万能薬は、その日のうちに完売した。

（あっという間に売れてよかった！　アンバーが寂しがるから、早く帰らなくちゃ）

レイラは大急ぎで、食糧や必要物品、それからアンバーへのお土産の燻製ベーコンを買い込んだ。それらを万能薬を入れてきた籠に詰め、馬車の停車場に向かう。

一緒に来た農夫は二日後に帰るらしいので、別の馬車に乗せてもらうことにしたのだ。彼はたいていレイラよりも長くエンメルに滞在するため、こういうことはよくあった。

停車場でうろついていると、親切な大人が、帰るついでに乗っけてやろうと声をかけてくれるのだ。

その日も優しそうな行商人の夫婦が声をかけてくれ、すぐに帰りの馬車が決まった。

今から出発すれば、翌朝には帰れるだろう。

小さな子供が三人と赤ん坊のいる馬車の中は、終始和気あいあいとして賑やかだった。

面倒見のいいレイラはあっという間に子供たちに好かれ、幼い兄弟の間で取り合いが始まった。

「レイラ、つぎは僕とあそんで！」

「ずるい！　ぼくが先だよ！」

「わーんっ！　にいちゃんがおした～！」

馬車は王都を抜け、やがて郊外に出た。

建築物の立ち並ぶ王都とは違って、郊外には自然があふれている。遠く連なる緑の山々を眺めながら、麦畑の広がる田舎道を進み、やがて馬車はモルグス川に差し掛かった。川沿いに進めば関所があり、隣国デガスに通じている。

いつしか日が落ち、あたりは闇に包まれた。

ある程度進んだところで、野宿をすることになる。

馬車から降りると、そこは水音が涼やかに響く渓谷だった。上空には星が瞬き、生い茂る緑が夜風に煽られザワザワと音を立てている。

「よし、きょうそうだ！」

「ぼく、負けないからな！」

「かけっこ、かけっこ！」

疲れ知らずの三人の子供たちは、ようやく狭い馬車から出ることができて興奮しているようだった。さっそく我先にと走り出し、どんどん遠ざかっていくものだから、これには泣きじゃくる赤ん坊をあやしている母親も参っていた。

「こらっ！　夜だから、あまり遠くに行ってはダメよ！　戻ってきなさい！」

とはいえ、赤ん坊を抱えて追いかけるのは容易ではない。

子供たちは母親の言うことに耳を貸す様子はなく、彼女があたふたしているうちに、あっという間に闇の中に見えなくなってしまった。

亭主はというと、焚き火の準備に夢中で、我関せずといった具合だ。

「大丈夫です、私が行きますから！」

見かねたレイラは、すぐさま子供たちを追って走り出した。

「すまないねえ。暗いから、気をつけるんだよ！」

森育ちのレイラは夜目がきく。だから、すぐに子供たちを見つけられると思っていた。

だが彼らは小さいわりに足が速いようで、予想に反してなかなか見つからない。

それでもどうにかこうにか、林の中で長男と次男を見つけることに成功する。やれどちらが勝っただの負けただの、小競り合いの最中のようだ。

それなのに、まだ三歳程度の末っ子だけが、どこを捜してもいなかった。

（もしかして、崖の方に行ったのかしら）

切り立った崖はかなりの高さがあり、小さな子が誤って落下したらひとたまりもないだろう。

焦ったレイラは、崖へと急いだ。そして案の定、きゃっきゃとはしゃぎながら石集めをしている末っ子を視界に収めた。

あろうことか、一歩でも足を踏み外したら渓谷へと真っ逆さまに落ちてしまう、きわどいところをウロチョロしている。

暗いため、自分が危険な場所にいるのを分かっていないようだ。

レイラは顔を青くすると、必死に声を張り上げた。

「そんなところにいたら、危ないわ！　早くこっちに戻ってきて！」

ところが末っ子は、レイラを見るなり、こちらに来るどころかその場でぴょんぴょん飛び跳ね始めた。

「あ、レイラ！　みてみて！　このいし、光っててすごくきれいだよ」

無邪気な声でそんなことを言われ、レイラはますます生きた心地がしなくなる。

そのとき、低い唸りとともに強い風が吹き、あたりの木々が悲鳴のような葉音を鳴らした。

突風に煽られた末っ子の体がぐらりとよろめく。

「ひゃあっ！」

小さな手足を必死に動かし、バランスを取ろうとしているが、うまくいかないようだ。

（大変！）

レイラは、ぐらついている末っ子のもとへと無我夢中で駆けだした。

そしてありったけの力で、彼の体を崖とは反対方向に突き飛ばす。

ドンッ！

レイラに突き飛ばされた末っ子が、地面にしりもちをついた。急なことにびっくりしたようで、瞳をうるうるさせ、今にも泣きだしそうになっている。

だがレイラがホッとできたのは、ほんの一瞬のことだった。

直後、ぐらりと体が傾き、視界が星空で埋め尽くされたからだ。

どうやら、今度はレイラの方が崖から足を踏み外してしまったらしい。

末っ子を助けるのに夢中で、いつの間にか自分が崖ぎりぎりにいたことに、レイラはこの瞬間まで気づかなかった。

そしてレイラは、声を上げる間もないまま、渓谷へと真っ逆さまに落ちていった。

バチン、と火の爆ぜる音で目が覚めた。

全身が鉛をまとっているかのように重だるい。

熱があるのか、意識が朦朧としていて、呼吸もままならなかった。

（ここは……？）

いつの間にか、レイラは知らない部屋のベッドに横たわっていた。

体には、丁寧に縫われたキルトのブランケットが掛けられている。高価なものではないが、ぽかぽかと暖かい。

壁には縄や銃、獣の毛皮などがずらりと掛けられており、暖炉では赤々とした炎が燃え盛っていた。暖炉の上には、夫婦らしき男女の写真が飾られている。

物音がして、レイラはそちらに視線を移した。

近くにあるテーブルで、女性が、桶の水にひたした布巾を絞っている。白髪交じりの髪を後頭部できちんとまとめており、丸眼鏡の奥の瞳は穏やかそうだ。

「あの……」

重い体をどうにか起こし、乾いた喉を動かすと、女性が驚いたように顔を上げた。

「目を覚ましたのかい！　よかったよ！」

「ここは、どこですか？」

「ここは、リネイラだよ」

「リネイラ？　いったいどうして、そんなところに……」

リネイラは、隣国デガスに接するザルーラ王国の辺境地であり、レイラの住む〝死霊の森〟からはずいぶん離れている。

記憶が曖昧で状況が呑み込めない。

「あんた、うちの近くの川のほとりに倒れていたんだよ。たぶんどこかの崖から落下して、ここまで運ばれてきたんだろう。四日も眠り続けていたから、もう目覚めないいんじゃないかと心配していたんだ」

涙まで浮かべて赤の他人であるレイラを心配している彼女は、見た目どおり思いやりにあふれた人のようだ。

（そうだった。私、崖から足を踏み外したんだったわ）

女性の言葉がきっかけで、記憶が徐々によみがえる。

どうやら、馬車に乗せてもらった行商人一家の子供を助けた際、崖から川に転落してリネイラまで流されたらしい。

（どうしよう。アンバーが寂しがってないかしら？）

真っ先に思い浮かんだのは、きっと今もあの丸太小屋でレイラを待っている、小さな家族の面影だった。

翌日には帰ると言ったのに、四日も経ってしまったなんて、間違いなく心配している。

ひとりぼっちの暗い小屋で、悲しげに鳴くアンバーを想像すると、いても立ってもいられなかった。

「助けてくださり、ありがとうございます。でも私、すぐに帰らないと……」

レイラは大急ぎで身を起こそうとした。だが——

「いたっ！」

起き上がろうとした瞬間、両足に激痛が走った。

思い出したかのように、頭痛もガンガン襲ってくる。

「ああっ、動いちゃだめだよ！」

女性が、起き上がろうとしたレイラをたしなめるように、肩を押さえた。

よく見ると、両足には厳重に包帯が巻かれている。どうやら頭にも巻かれているようだ。

「あんた、大怪我をしているんだよ。流されている間に、あちこち岩場にぶつけたんだろう。モルグス川は大岩が多いうえに、川の流れが速いからね。とにかく、今はとてもじゃないが帰れる状態じゃないよ。治るまで、ここでゆっくりしていきな、ねえエドモン？」

女性が後ろを振り返る。

今まで気づかなかったが、顎髭を生やした初老の男性が、ロッキングチェアに腰かけパイプをふかしていた。女性と同じく、温厚そうな顔立ちをしている。

男性が、頷きながら女性の声に答えた。

「そうだ、ゆっくり療養したらいい。なに、わしらには子供がいなくてな。年寄りだけで、年がら年じゅう暇してるんだ。遠慮はいらないよ」

帰りたくとも体がこれではどうにもならず、結局レイラは、申し訳ないと思いながらもふたりの親切に甘えることにしたのだった。

エドモンはかつて辺境の砦を守る警備兵だったが、引退してからは、狩猟を生業としているらしい。ふたりの家の中は、かつてエドモンが仕留めた獲物の毛皮があふれていた。

妻の名は、ポーラといった。

趣味の裁縫に日々勤しみながら、エドモンとともに、穏やかに老後の生活を送っているとのこと。

第一印象のままに、ふたりはとても親切な人たちだった。

見ず知らずのレイラをかいがいしく看病し、温かくて美味しい食事を与えてくれた。レイラの知らないリネイラの話をたくさん聞かせてくれたし、所持品のないレイラの服を手ずからあつらえもしてくれた。

松葉杖をついて歩けるようになると、レイラは料理や掃除、鶏の世話などを手伝って、ふたりに恩返しをするようになった。

日に日にふたりとの暮らしに慣れていったが、アンバーのことは常に頭の中にあった。

エドモンに、アンバーの様子を見てきてもらおうと考えたこともある。

だが、すぐに思い直した。

エドモンは親切だが、狩猟を生業としているだけあり、獣を獲物としか思っていない。

もしもエドモンが森でアンバーに遭遇したら、間違いなく銃弾を放つだろう。

そんな悲しい事態だけは、なんとしても避けたかった。

レイラの怪我が完治するのには、およそ二ヶ月かかった。

ある夜、ついに頃合いと見て、そろそろ自分の家に帰りたいと、レイラはエドモンとポーラに申し出た。

するとポーラが目に涙を浮かべ、レイラをひしと抱きしめてくる。

「ああ、レイラ。あんたのことは、本当の娘のように大事に思っているんだよ。できればこのままあんたと一緒に暮らしたい。ダメかね？　家族がいないのなら、ここに住んでも問題はないだろ？」

「ありがとう、ポーラ。私も、エドモンとポーラのことが大好きよ。でも、どうしても家に帰らないといけないの。ごめんなさい」

森で自分の帰りを待ちわびているであろう小さな家族を、このまま放ってはおけない。

ぎゅっと抱きしめて、何度も謝って、安心させてやりたい。

するとエドモンが、レイラの気持ちを汲んでくれたかのように、皺だらけの大きな手で優しくレイラの頭を撫でてくれた。

「いいんだよ、レイラ。気をつけて帰りなさい。だがもしも何かうまくいかないことがあって、人恋しくなったら、いつでもここに戻っておいで。わしらはいつだってお前を歓迎するからな」


翌朝、レイラは二ヶ月間世話になった夫妻の家をあとにした。

文無しのレイラに、夫婦は少しのお金まで持たせてくれた。

おかげで王都まで辻馬車に乗り、宿にまで泊まることができた。

翌朝、さらに馬車を乗り継いで、レイラはようやく生まれ育った〝死霊の森〟近くの村に行き着いた。

胸を高鳴らせながら、久々に森の中に足を踏み入れる。

やがて、森の中ほどにポツンと建っている、住み慣れた丸太小屋を見つけた。

レイラはホッと胸を撫で下ろすと、はやる気持ちを抑えながら、家路を急いだ。

「アンバー！　遅くなってごめんなさい！」

ドアを開け放つなり、大声で叫んだ。いつものように、アンバーが尻尾をパタパタ振って飛びかかってくることを期待しながら。

だが、家の中はシンと静まり返ったままである。

「アンバー？」

不安になりながら、レイラは家の中を隅々まで見て回った。

寝室や納戸、ベッドの下や戸棚の中まで、くまなく目を配る。

だが、アンバーはどこにもいない。

レイラは小屋を飛び出すと、今度は森の中を捜し回ることにする。

「アンバー、どこにいるのーっ？」

声が枯れるのも構わず、必死に叫びながら、森を何往復もした。

だが、それでもアンバーは見つからなかった。

そもそも、鼻の効くアンバーのことだ。

森のどこかにいるなら、遠くからでもレイラの匂いに気づき、駆けつけてくれるだろう。

どんなに時間が経っても現れないということは、アンバーはもう、ここにはいないのだ。

日が暮れ森がすっかり闇に覆われた頃、レイラはついにあきらめた。

レイラが帰ってこなかったから、アンバーはきっと、森を出ていってしまったのだ。

がっくりと肩を落としながら、久しぶりに自分のベッドに身を横たえる。

ランプの灯りだけが頼りの薄暗い室内に、微かな埃が舞い上がった。

そのときレイラは、突っ伏した枕に、銀色の毛が一本落ちているのを見つけた。

慎重に手に取り、ランプにかざす。朱色の灯りの中で、それは淡い銀色の光を放っていた。

「アンバー……」

たまらなくなって、レイラは声を震わせた。

あの小さな温もりを、唯一の家族を、この手から失ってしまった。

もう二度と、あの愛くるしい琥珀色の瞳を見ることはできないし、『ウォン！』と賢く返事をする声を聞くこともできない。

もちろん、もふもふの体に身をゆだねて眠ることも。

「うっ、うぅ……」

レイラのエメラルドグリーンの瞳からあふれた涙が、頬を滑り落ち、枕を濡らす。

その日レイラは、一晩中後悔に苛まれ、一睡もできなかった。

そして翌朝、日が昇るなり、荷造りを始めた。

少しの衣服に、まずまずの価値がある銀のカトラリー、家宝として引き継がれてきた万能薬の調合文書。必要なものや大事なものはわずかしかなく、あっという間に終わってしまう。

レイラは今日、生まれ育ったこの森を離れるつもりだった。

ここにいるとアンバーのことを思い出して、つらくなるからだ。

レイラはもう、アンバーと出会う前の、ひとりでも平気な彼女には戻れなかった。

それにエドモンとポーラのところに戻れば、歓迎してくれるのが分かっている。

こんなにも寂しい思いをしなくて済むだろう。

レイラは最後に、昨日拾ったアンバーの毛を大事に布にくるむと、懐にしまった。

そして、思い出のたくさん詰まった家の中をゆっくりと見渡す。

「さようなら」

最後にポツンとそう言い残して、小さな鞄を手に、レイラは小屋をあとにした。

第二章　国王陛下に俺の子を孕めと言われました

十年の歳月が流れた。

レイラは二十四歳になっていた。

その日もレイラは、調合したばかりの万能薬を売りに行くために、台所のテーブルで瓶を箱に詰めていた。

今回は大量に作ったため、五箱にものぼる。

すべて売りさばけば、どうにか目標金額に到達できるだろう。

「おや、今回はずいぶんたくさんできたんだね。重くないかい？　手伝おうか？」

すると、寝室で横になっていたはずのポーラが出てきて、心配そうに声をかけてきた。

「ううん、じきにダニエルが来て手伝ってくれるから大丈夫よ。ポーラは無理せずに、ゆっくり寝てて。お医者様もなるべく寝ていなさいって言ってたじゃない」

「ああ、そうだね、でも……ゴホゴホッ！」

会話の途中で咳き込んだポーラの背中を、レイラは慌ててさすった。

すっかり年をとったポーラの背中は、日に日に小さくなっているように感じる。

三年前、病で床に臥《ふ》していたエドモンが亡くなってからというもの、病状が悪化するばかりだ。

「さあ、ベッドに戻りましょ。私が留守の間は、いつものようにコレットおばさんに家のことをお願いしてるから。二日もすれば帰ってくるから、安心して」

「いつもすまないねえ、レイラ。本当はもう、とっくに結婚しているような年なのに、私たち夫婦の世話ばかりさせてしまって申し訳なく思うよ」

「またその話？　だから、結婚にはまったく興味がないって言ってるじゃない。ポーラとずっと一緒にいられて、私は充分幸せよ」

レイラは困った笑みを浮かべながら、寝室に戻るポーラに付き添った。それから再び台所へ戻ると、草色のワンピースのポケットから紙切れを取り出し、小さくため息をつく。

「無事に全部売れるといいんだけど……」

レイラが手にしているのは、ポーラの薬の請求書である。

ポーラの持病の薬代は、年々高額になっていた。

レイラの子守りの収入とエドモンの遺してくれた蓄えだけでは足りなくなり、一年ほど前から、レイラはまた万能薬を作るようになった。

昔のように、定期的に王都エンメルの市場に売りに行って、どうにか薬代を工面《くめん》している。

それまでは万能薬の主原料であるエポックの花が手に入らず、作ることができなかったのだが、ダニエルが近くの森の奥に生えているのを教えてくれたのだ。調合器具は、古道具屋でなんとか揃えることができた。

玄関扉をコツコツとノックする音がする。

「レイラ、準備は整ったか？」

入ってきたのは、レイラと同じ年ごろの、逞しい体躯《たいく》をした青年だった。

短めの茶色い髪に、涼しげな目元。先ほどポーラとの会話の中に出てきたコレットおばさんの息子、ダニエルである。

コレットおばさんは近所に住む女性で、家族でぶどう農園を営んでいた。

この界隈では群を抜いて裕福だが、気取らない世話好きな性分で、病気のポーラのことを心配し、しょっちゅう訪ねてきてくれる。

息子のダニエルも母親の気さくな性分を受け継いでおり、レイラが王都に薬を売りに行くときは、いつもすすんで馬車を出してくれた。

「ええ、今終わったところよ。ごめんなさい、ダニエル。今回は量がたくさんあるから、重いと思うわ」

「平気だよ。ほら、この頑丈な腕を見ろよ。君を抱き上げることだってわけないさ」

そう言ってダニエルは、二の腕の筋肉を見せびらかしてくる。

おどけた仕草に、たまらずレイラは笑った。

「たしかに立派な腕だけど、私を抱き上げるのはさすがに無理よ」

「無理なもんか。だって君は、心配になるくらいスリムじゃないか」

「スリムだなんて言い回し、おかしいわ。貧相なだけよ」

「そんなことないさ。だって――」

「だって？」

ダニエルが妙なところで言葉を止めたので、レイラは首を傾げる。

「――いや、なんでもない。さ、早めに積んじまおう」

ダニエルは誤魔化すように咳払いをして、箱を三つ、いっぺんに抱えた。

レイラも箱をひとつ持ち、玄関先に停められた馬車の荷台まで運ぶ。

背中まで伸びた波打つキャラメル色の髪の隙間から、ふたつの小さな赤い痣のある、白くて細いうなじが覗いている。

全体的にほっそりしているが、女らしいなだらかな曲線を描く体。エメラルドグリーンの輝く瞳には純粋さと艶めかしさが混在していて、薄桃色のふっくらとした唇は果実のようにみずみずしく愛らしい。

そんな自分を、赤らんだ顔のダニエルが、チラリと盗み見したのにレイラは気づかない。

すべての荷を積み終えると、レイラはダニエルとともに王都に向けて出発した。

辺境の地リネイラから王都エンメルまでは、馬車で丸一日かかる。

途中野宿をして、翌朝ふたりはようやく王都に到着した。

街へと通ずる通用門で通行手形を見せれば、高い壁に囲まれた大陸最大の街が目の前に広がる。

王都エンメルは三つの区域に分かれており、入ってすぐの区域が、レイラが目指す商業区だった。

田舎者にしてみれば、今日は祭日かと思い違うほどの人通りである。

ひっきりなしに馬車が行き交い、そこかしこで人々の楽しげな話し声や笑い声が絶えない。沿道にはずらりと多種多様な店が並び、あちらこちらで売り子の呼び声が響いていた。

広場では、道化師による大道芸のショーまで催され、人だかりを作っている。

三つの区域の中心に堂々とそびえているのは、言わずもがな、由緒正しき白亜のザルーラ城だ。

「相変わらず、ものすごい人ね。年々賑やかになっているみたい」

活気あふれる街を見渡しながら、レイラは感嘆した。

来るたびに思うことだが、山と川しかないリネイラとは、何もかもが違う。

「ああ。街を囲む防壁も完成したし、この一年で、ますます派手になったよな。狼神のおかげだよ」

手綱を握り、狭い街道を行く馬を器用に操りながら、ダニエルが答えた。

狼神――ダニエルがそう呼んだのは、ここザルーラ王国の若き王である。

イライアス・アルバン・ザルーラ。

齢二十一の彼は、五年前、急な前王の崩御を機に、わずか十六歳でザルーラ国王となった。

前王の代は、弱小国と揶揄《やゆ》されていたザルーラ王国だったが、イライアスが王位に就いてからはガラリとその様相を変えた。

イライアスは類《たぐい》まれなる軍事手腕を発揮し、前王の崩御にかこつけて攻撃をしかけた近隣国を次々と降伏させた。そしてわずか五年で、ザルーラ王国を大陸随一の大国に押し上げたのである。

狼神の呼び名は、戦の際、君主自ら先陣を切って馬で駆ける姿からきている。鋭い瞳と、対峙した者を震え上がらせる素早い剣技は狼そのもので、誰彼ともなくそう呼ぶようになったという。

軍事手腕に乏しかった前王の代は、先行き危ういとされていたザルーラ王国だが、狼神のおかげで今はその片鱗すらない。

国民は若き国王を崇拝し、他国からの侵略に怯えることなく平安に暮らしていた。

ふと、レイラはある噂を思い出した。

「でも、ときどき残虐王なんていう呼び名を聞くけど、どうしてかしら？」

「それは、残虐な一面もあるからさ。うちの農園の得意先に、とある男爵家があるんだけどね。そこの三番目のご子息が、最近まで王宮に出仕していたんだ。彼が言うには、普段の陛下は、神どころか悪魔そのものらしい」

驚いたレイラは、目を瞬いた。

「悪魔？　まあ、本当なの？」

「ああ、気に入らないことがあったら、女子供関係なく、厳しく処罰を与えるらしいよ。中には処刑された者もいるとかいないとか。寝室に忍び込んで寵愛を得ようとした貴族令嬢を、不敬罪として国外追放したこともあるらしい。いくら不快だったとはいえ、そこまでするのはやり過ぎだと思わないか？」

「たしかにそうね。きっと、厳格な方なんだわ」

ダニエルの言葉に同意しつつも、レイラは、そういった彼の冷酷な面がここまで国を発展させたのではないかとも思う。温厚だった前王はまるで役に立たなかったと聞くから、大国を率いる者としては必要な性分なのだろう。

とはいえ、平民のレイラが、雲の上のような存在の彼とこの先相まみえることはない。だから国王の意外な噂話を聞いても、まるで本の中の出来事を耳にしているようで、現実味がなかった。

停車場に馬車を繋ぐと、レイラとダニエルは、市場に向かった。

いつものように、顔なじみの雑貨屋のテントの端を借りて、万能薬を売ることにする。

長テーブルにずらりと瓶を並べると、すぐに客が寄ってきた。

「おや、またこの薬を売ってるのかい？　この間歯が痛いときに塗ったら、ずいぶん効いたんだ。両親にあげたいから、またひとつ買ってくよ」

「おお、やっと来たか！　この薬がないと、肩凝りがひどくてな。お前さんたちが来るのを心待ちにしていたんだ」

レイラが再び王都で万能薬を売るようになって、一年が経つ。九年ぶりに売ったときは、あまり客がつかなかったが、この頃は愛用者が増えていた。

とはいえ今回はかなり大量に準備したため、すべて売るには時間がかかるだろう。

（よし、頑張らなくちゃ！）

レイラは気合いを入れると、周囲の店の呼び込みの声に負けないよう精いっぱい声を張り上げた。

そのせいか、万能薬が飛ぶように売れていく。

（よかった。この調子だと、夕方までには売り切れそうだわ）

「そういえばお前さんも、城に召集されたのかい？」

一段落したところで、雑貨屋の店主が、思い出したように話しかけてきた。

「お城に？　どういうこと？」

「噂によると、国中の薬師が城に集められているらしい。貴族も平民も関係なくな。まだなら、お前さんにもそのうち声がかかるんじゃないか？」

階級を重んじるザルーラ王室は、よほどのことがない限り、平民を城には召し上げない。

つまり、店主の言っていることが本当なら、異例の事態である。

「薬師を集めて、どうなさるおつもりなのかしら？」

「さあ」

店主は、箱に入ったコインを数えながら肩を竦めた。

「おそらく、陛下がなんらかの病気にかかられているんじゃないかと、巷では言われてるよ」

「陛下がご病気？」

狼のごとく神々しいと称されている若き王が病を患っているなど、にわかには信じがたい。

「それは、お気の毒ね。でも私は薬師じゃないから、お城には呼ばれないと思うわ」

「あんた、薬師じゃないのか？　薬を売っているから、てっきり薬師だとばかり思っていたよ」

「代々薬師の家系ではあるんだけど、私は違うの。この薬以外は調合方法を知らないのよ」

「へえ。それは意外だな」

（それにしても、もしも陛下がご病気なら、そもそも薬師ではなく医師を集められるんじゃないかしら？　医師では手に負えないから、やけになって薬師にまで頼ろうとしてるってこと？　それほど大変なご病気なの？）

レイラはなんとなくの違和感を覚えたが、やがて客が来て、そのことはすっかり忘れてしまった。

その後も万能薬の売れ行きは好調で、日が沈む頃には、在庫は一瓶を残すのみになる。

「この分だと、明日には帰れそうね」

「よかったな、レイラ。ポーラおばさんも喜ぶぞ」

ガランとした長テーブルの上を眺めながら、レイラとダニエルが微笑み合ったそのとき。

「この薬を作ったのはどなたですか？」

騎士のような身なりをした、背の高い男に声をかけられた。

黒の短髪に、冷淡な印象を受ける切れ長の瞳。

どことなく普通の人とは違うオーラを感じて、レイラは身構えた。

「私ですけど……」

すると、男が上から下までじっくりとレイラを眺め回す。

ただならぬ気配を感じたのか、ダニエルがレイラをかばうようにして身を乗り出した。

「この人は、俺の大事な連れです。どうかされましたか？」

「あなたは薬師ですね？」

ダニエルのことは無視して、男が無表情のままレイラに聞いてくる。

レイラは慌ててかぶりを振った。

「いいえ、私は薬師ではございません。この薬しか作れないのです。薬学をちゃんと勉強したことがないし、薬師登録もしていません」

するると男が、落胆したような表情を見せた。

「薬師ではないのか……」

だが思い直したように、スッともとの無表情に戻る。

「それでも構いません。あなたには、これからともに城に来ていただきます」

「へ⁉」

訳が分からず、レイラの口から頓狂な声がこぼれた。

そのとき、男の襟につけられた徽章《きしょう》が、レイラの目に飛び込んでくる。

盾を象った徽章《きしょう》に描かれていたのは、ザルーラ王室のシンボルである、二足で立ち上がる狼だった。

(もしかして、この人は王室の方？　薬師を集めているという噂は本当だったのね)

なんとなく状況を理解するが、自分のような者が城に行ったところで役に立てるとは到底思えない。

「でも、私ではお役に立てないと思うのですが……」

国王が病気なら、なおさらだ。

薬師ではないレイラを連れていったところで、なんの利益にもならないだろう。

「心配はご無用です。高確率で、すぐに帰れると約束しましょう。たんなる人数合わせですから、軽い気持ちでいてください」

「人数合わせ？」

「こちらの話です。あなたは黙って従ってくれればそれでいい」

どうやら、聞く耳を持つ気がまったくないらしい。

このままでは、この男に本当に連行されてしまいそうだ。

ポーラが待っているから、なるべく早く帰らないといけないのに……

男の異様な威圧感に負けないよう、レイラは今度は語気を強めてきっぱり言い返した。

「でもやっぱり私、お城に行っても意味ないと思うんです。ですから行きません」

すると男が、切れ長の瞳を不気味に光らせる。

「これは王命です。逆らえば、それ相応の処罰があると思ってください」

冷徹な声で一蹴され、レイラは今度こそ返す言葉を失った。

『気に入らないことがあったら、女子供関係なく、厳しく処罰を与えるらしいよ。中には処刑された者もいるとかいないとか』

ダニエルの言葉を思い出し、サアッと青ざめる。

救いを求めるように隣に立つダニエルを見上げたが、彼もまた青白い顔で立ちすくんでいた。

困惑したようにレイラと男を交互に見て、何かを言いかけ、すぐに口を閉ざす。おそらく、〝王命〟という強烈な言葉に怯んだのだろう。

結局、レイラは男に従わざるを得なくなった。


城へと向かう馬車の中は、不安でしかなかった。

堀にかかる橋を渡るとき、レイラはこっそりと、懐の中にしまった布を握りしめた。

生成《きな》り色の柔らかな布には、まだ少女だった頃、ともに暮らした小さな家族の銀色の毛が入っている。お守り代わりに、レイラは今でも、肌身離さずその布を持ち歩いていた。

十年前のあの日以来、レイラはアンバーに会っていない。

レイラにできるのは、どこかの森で仲間と一緒に幸せに暮らしていてほしいと切に願うことだけだ。

レイラを連行した男は、キースと名乗った。

キース曰く、レイラは今夜王宮に一泊し、翌朝国王に謁見するとのこと。

あまりの恐れ多さに、震えるしかない。

「私のような者が、陛下に謁見するのですか？　いったいどうして？」

「すべては王命としか、お答えできません。ちなみに明日陛下に謁見する者は、あなただけではございません。ですから、そう身構えなくても大丈夫です。いつものようにすぐに終わると思いますし、ご安心ください」

キースはそう答えて、一瞬だけ疲れたような顔を見せた。

レイラのような者に、今までも繰り返し同じ説明をしてきたのかもしれない。

（薬師を集めて、陛下はどうなさるおつもりなのかしら？）

疑問には思ったが、キースの口ぶりから、自分が国王のお眼鏡に適《かな》うはずがないと判断する。

さっさと謁見を終えてポーラのもとに戻りたいと願うばかりだった。


翌朝。

今までの人生でおよそ縁のなかった豪勢な寝室で朝を迎えたレイラは、召使いが部屋に運んできた朝食を、緊張しながら口にした。

一食分とは思えない量の、ふかふかのパン、肉がたっぷり入ったスープ、色とりどりのフルーツの盛り合わせ。食後、今さらのように王宮の一室にいることを信じられなく思っていると、召使いが迎えに来た。

どうやら、早々に国王に謁見するらしい。

きびきびと歩く召使いの後ろを、レイラは身を縮めるようにしてついていった。

緻密な紋様の彫り込まれた支柱が連なる城の廊下には、一面に鳩血色《ピジョンブラッド》の絨毯が敷き詰められている。天井は高く、きらびやかな金模様でふんだんに装飾されていた。等間隔に並ぶアーチ窓からは、広大な城の庭園と、王都エンメルが一望できる。

廊下の壁には、これまた精緻な壁画が描かれていた。年季が入っており、かなりの歴史を感じる。よく見ると、人間のような獣のような奇妙な生き物が描かれているようだ。

(獣耳と尻尾を生やした人間？　なんでこんなものを描いたのかしら？)

ひょっとすると、空想物語の一場面を再現した絵なのかもしれない。レイラが知らないだけで、きっと有名な物語なのだろう。

やがて、見上げるほど大きな両開きの扉にたどり着いた。

レイラを案内している召使いが合図をすると、傍に控えていたふたりの衛兵が、厳かに扉を開く。

どうやら、ここが謁見の間のようだ。

きらびやかな光沢を放つ、磨き上げられた大理石の床に、色鮮やかな朱色の壁。天使が舞うフレスコ画の描かれた天井では、数えきれないほどのろうそくを備えたシャンデリアが輝いている。

最奥の一段高い場所では、金と紅色のビロードでできた玉座が、ひときわ存在感を放っていた。

(どこもかしこも、なんて美しいのかしら)

本来であれば、平民の自分が入ることなど、一生叶わない場所である。

まるで別世界にでもさまよい込んだかのようで、レイラは夢見心地だった。

玉座の前には、高齢の女性がすでにふたりいた。

「ああ、どうしてお城なんかに……。どうか無事に帰れますように……」

ひとりは怯えた声でブツブツと繰り返しており、もうひとりはうつむき震えている。

おそらく彼女たちが、キースが昨日言っていた薬師なのだろう。

彼女たちの怯え具合を見ていたら、レイラも緊張してきた。

突然城に召し上げられ、残虐王の異名を持つこの国の王に謁見させられるのだ。考えてみれば、よい方向に事が進むとは考えにくい。

誤った行動をすれば、地下牢に閉じ込められ、二度と出られない可能性だってある。

(どうしよう。やっぱり声をかけられたとき、全力で逃げた方がよかったのかしら)

それからはもう、城の内装の美しさなど、どうでもよくなった。

老女たちの隣に並び、顔を青くしていると、しばらくしてついにキースの声がする。

「頭をお下げください。国王陛下のお許しがあるまでは、上げてはなりません」

「……ひっ」

老女たちが早急にひれ伏したのに倣《なら》い、レイラも慌てて頭を垂れる。大理石の床に、頭を打ちつけそうなほど深く。

コツコツと、ブーツが大理石の床を踏み鳴らす音がした。頭を下げたままチラリと視線だけを移動させると、こちらに向かってくる高級そうな靴の先が見える。

（この方が、狼神……）

もしくは残虐王と呼ばれる、若く偉大なるこの国の王、イライアス・アルバン・ザルーラ。

雲の上の存在の彼を、まさかこんなにも間近で見る日が来るなんて。

レイラは、自分の胸の鼓動が、これまでにないほど速まるのを感じていた。

「今日は、これだけか」

イライアスらしき声がした。

うっとりと聞き惚れたくなるような美声なのに、底知れない冷酷さも感じて、レイラはますます身を固くする。

「はい。大方の女薬師はすでに連れてきましたので、日に三人以上見つけるのは至難の業です」

無感情な声で、キースが答えている。

イライアスが、右端にいる老女の前で足を止めた。

「面を上げろ」

「……はいっ」

哀れなほど声を震わせ、声をかけられた老女がゆっくりと顔を上げる。

イライアスはしばらくそのまま老女を見つめていたが、何も言わずに再び歩きだす。

そしてもうひとりの老女の前で足を止め、また「面を上げろ」と声をかけた。

だが老女はガタガタと震えるばかりで、顔を上げる気配がない。緊張で、思うように動けなくなってしまったのだろう。

「ウホンッ！」

キースの咳払いで、老女がようやく動いたようだ。

「お願いでございます……！　どうか、命だけはお助けを……！」

「……」

やはり、イライアスは何も言わなかった。心なしか、沈黙が重くなったように感じる。

やがて、ひどく不機嫌そうな声がした。

「──キース。年の頃は、二十代半ばだと言っただろう」

「ですが、その年ごろの女薬師はもうどこを探してもいないのです。ご無理をおっしゃらないでください」

名高き王を前にしても、まったく怯まないキース。イライアスとの関係がどういったものかは分からないが、かなり親密であることがうかがえる。

イライアスはため息をつくと、最後にレイラの前で足を止め、揶揄《やゆ》するような口調で言った。

「この女も、年寄りなのか？」

いくら国王とはいえ、ひどい物の言い方である。

（戦場では神なのかもしれないけど、なんて礼儀のなっていない王様かしら）

心の中で、レイラはひそかに憤慨した。

「年の頃はちょうどよいのですが、その」

「なんだ、何かあるのか？」

「より不機嫌になられては困りますので先に申しておきますが、厳密には薬師ではないらしく、おそらく違うと思われます」

「薬師ではないだと？　そんな者を、なぜ連れてきた？」

「市場で薬を売っていたものですから、念のため。日に三人以上は女薬師を連れてこいとのお達しでしたので、いわゆる苦肉の策でございます」

「薬師であることが第一条件だと言っただろ。話にならんな」

頭上から、静かな怒気を孕んだ声がした。

「もう分かった。お前たち、ご苦労だったな。帰っていいぞ」

どうやらレイラは、顔を上げることもないまま帰されるらしい。

（なんだかよく分からないけど、とにかくよかったわ）

レイラは内心ホッと胸を撫で下ろした。

これで、ようやくリネイラに帰ることができる。

ところが、レイラの前から立ち去る直前で、イライアスがふとまた足を止めた。吸い寄せられるように、レイラの方に向き直るイライアス。どうやら頭を下げたままのレイラを、上からじっと見下ろしているようだ。

（どうかされたのかしら？）

レイラは今日、キャラメル色の髪を頭上で編み込んでいた。普段は結ばずにそのままなのだが、王に謁見するのに髪だけでも整えないと失礼だと思ったからだ。

「これは……」

かすれた声がする。

イライアスの手が、レイラの首筋めがけて伸ばされた。そこはちょうど、ふたつの小さな赤い痣——もう何年も前に、かわいがっていた仔狼につけられた噛み痕がある場所で。

まるで染みついた痣を確認するように、スッと柔肌を撫でる指先。

その瞬間、稲妻のような刺激が首から全身に伝わり、下腹部に溶けるような感覚が走った。

「あ……んっ」

艶めいた声が自然と漏れ、あまりの恥ずかしさに、レイラはバッと口を両手で押さえる。

（私ったら、こんなところで、なんてはしたない声を！）

羞恥で消えてしまいたい衝動に駆られ、思わず顔を上げた。

次の瞬間、目に飛び込んできたのは、見たこともないほど美しい青年の相貌《そうぼう》だった。

くせがかった銀色の髪に、きめ細やかな肌。

鋭い琥珀色の瞳、筋の通った鼻梁《びりょう》、男らしく気品のある唇。

（きれいな人……）

思った以上に若く、そして美しい。

何よりもレイラの目を虜にしたのは、その琥珀色の瞳だ。

朝焼けの空のような澄んだ瞳に魅了され、言葉が出ない。

イライアスの方も、なぜか凍りついたようにレイラの顔を見ていた。

噂どおり狼を彷彿とさせる両目が、カッと見開かれている。

顔を見つめたままイライアスが何も言わないものだから、レイラは次第に怖くなってきた。

(許可してないのに顔を上げたから、きっとお怒りになられているのだわ)

どんな処罰が待っているのかしらと、全身から血の気が引いていく。

だが、イライアスはレイラに怒声を浴びせることなく、なぜかじりじりと後ろに後退し始めた。そして素早く踵を返すと、逃げるように謁見の間から出ていってしまった。

「……？」

訳が分からず、レイラはきょとんとしたまま、イライアスの消えていった扉を見つめた。

冷静なキースも、事の状況が呑み込めないのか、呆けた顔をしている。

「あの、私、何かしたでしょうか……？」

おずおずと問うても、キースは首を捻るばかりだった。

「あのような陛下を拝見するのは初めてなのでよく分からないのですが……。とにかく帰っていいとおっしゃられていましたので、そういうことなのでしょう。皆様、お手数をおかけしました」

ようやく重荷から解放されたレイラは、喜び勇んで、王城内にある馬車の停車場に向かった。

イライアスの機嫌を損ねたため、処罰を与えられるのかもと怯えたが、難を逃れたらしい。

結局何をしに来たのかさっぱり分からないが、とにかくこれで晴れてポーラのもとに帰れる。

（大変だったけど、ポーラにいい土産話ができたわ。ザルーラ城の中に入ったなんて言ったら、きっと腰を抜かすわね）

ポーラの驚いた顔を想像したら、わくわくしてきた。

（その前に、宿で待ってもらっているダニエルにも城での出来事を話してあげないと。男爵家の三男が噂していたように、普段の陛下は神なんてとんでもない、失礼な人なんだと教えてあげなくちゃ！）

レイラが足取りを弾ませながら、そんなことを考えていたとき。

——ザッ。

背後から、複数の足音がした。まるで通せんぼをするように、あっという間に城の衛兵たちに取り囲まれる。

訳が分からず、レイラはポカンとするばかりだった。

戸惑うレイラに、衛兵のひとりが厳かに告げた。

「至急、お戻りください。陛下がお呼びです」

王宮に戻されたレイラが通されたのは、昨晩泊まった部屋よりもさらに広くて豪華な部屋だった。五人は寝られそうな天蓋《てんがい》付きのベッドに、立派なチェスト、ドレッサー、ダイニングテーブル、カウチソファー。どの家具にも精緻な模様が彫り込まれ、ドレープを描く分厚いカーテンにまで、見事な銀糸の刺繍が施されている。

とりわけ目を引いたのは、天井までぎっしりと書物の詰まった書架だった。田舎育ちのレイラは、今までこれほど大量の本をいっぺんに見たことがない。

おまけに、部屋の奥には、陶器の浴槽が据え付けられた浴室まで備わっている。

（いったい、何が起こっているの？）

レイラはベッドに腰かけ、放心状態で、そんな疑問をぐるぐると頭の中で繰り返していた。

やがて、数人の侍女が部屋に入ってきた。半ば無理やり浴室に連れていかれ、訳が分からないまま、薔薇の香りのする石鹸で隅々まで体を洗われる。

入浴後もサラサラのパウダーを体中にはたかれ、肌触りのいいシルクの白いドレスを着せられた。裾丈は膝下ほどで、申し訳程度にレースが縁取りされている。襟ぐりも大きく開いていて、胸の谷間が覗いており、おまけに紐をほどけばすぐに脱げてしまうような簡素な作りだった。

露出度が高く、とてもではないが、外を出歩けるような代物ではない。

（なんなの、この格好）

説明もなく、今度はドレッサーの前に連れていかれ、キャラメル色の髪にオイルを揉み込まれて丹念にブラッシングされた。

終始無言のまま、せかせかとレイラの身の回りの世話を終えると、侍女たちは早々に部屋を出ていってしまう。いまだ状況が呑み込めないレイラは、再びベッドに腰かけ、呆然とするよりほかない。

なぜ自分は、再び王宮に戻されたのだろう？

娼婦のような格好で、寝室と思しき部屋にいるのだろう？

今頃は宿でダニエルと落ち合い、帰路についていたはずなのに。

無意識のうちに、手が懐をまさぐっていた。

不安になったとき、アンバーの毛を入れた布に触れるのが、レイラのくせなのだ。だが、まさぐった手は自分の胸の膨らみに触れるだけだった。

（そうだ、着てきた服の中に入れたままだったわ）

着てきたワンピースを、先ほど侍女がクローゼットにかけていたのを思い出す。

たしかめてみると、みすぼらしい草色のワンピースの懐に、大事な布は入ったままだった。

ぎゅっと胸に抱き、レイラは安堵の息を吐く。

「よかった、無事だったのね」

そのときだった。

――ガチャ。

おもむろにドアが開き、レイラは慌ててアンバーの毛の入った布をクローゼットの中に置くと、扉を閉めた。

入ってきたのは、あろうことかこの国の誉れ高き王、イライアスその人である。

まさかこういった形でいきなり彼に再会するとは思ってもおらず、レイラは凍りついた。

田舎暮らしの平民の自分が、一度ではなく二度も雲の上の存在の彼と対面するなど、誰が想像できただろう？

イライアスはクローゼットの前に立つレイラを、食い入るように見つめてきた。

永遠に続くのではないかと思うような、長い沈黙が訪れる。

（どうされたのかしら？　やっぱり私、何かそそうをして、これから処罰されるんじゃ……）

容易にそんな考えにたどり着き、背筋がぶるりと震えた。

（とにかく、謝らなくちゃ。でも変なことを言って逆鱗に触れて、余計に処罰が重くなったらどうしましょう）

思い悩むあまり、体中から変な汗が湧いてくる。

すると、ボソッとつぶやくイライアスの声がした。

「俺も、ずいぶん嗅覚が鈍ったものだ。十年前なら、城内にいるだけで気づけていただろうに。成長するにつれて能力が薄れると書いてあったのは、本当だったのだな」

レイラには、イライアスが何を言っているのかさっぱり分からない。

震えながらイライアスの動向をうかがっていると、彼が突然、力尽きたようにその場にうずくまった。

「あの……？」

残虐王の名を持つ彼のことだ。

何をされるのだろうと身構えていたレイラだったが、イライアスがうずくまったまま動こうとしないので、なんだか心配になる。顔は伏せているので見えないが、耳のあたりがずいぶん赤い。

（そういえば陛下は、ご病気かもしれないのよね）

薬師を探しているのだから、その可能性は充分にある。明らかに様子のおかしい彼を前にして、レイラは確信を強めた。

（やっぱりご病気なんだわ。大丈夫かしら？）

近寄り、おそるおそる声をかけてみる。

「あの、大丈夫ですか？」

するとイライアスは、顔を伏せたままふるふるとかぶりを振った。

その様子がどことなくかわいくて、レイラは彼に対する警戒心をわずかに解く。

「その、私に何かできますでしょうか？　薬師ではないので力不足かもしれませんが」

万能薬が効く病気なら、役に立てるかもしれない。

万能薬は、文字どおりたいていの病に効く。ただしどれも完治するわけではなく、緩和する程度ではあるが。

「あの、陛下は、どういったご病気にかかられているのですか？」

すると、イライアスはうずくまったままわずかに顔を上げ、赤らんだ目元をレイラに見せた。

本当に具合が悪そうだ。

「俺の病が知りたいか？」

「はい。場合によっては、お役に立てるかもしれませんので」

賢王たるもの、他人に弱みを見せることに抵抗があるのだろう。レイラは彼が安心して病状を吐露できるよう、にこっと微笑んだ。

すると、唐突に手首を握られ、彼の体の中心あたりに引き寄せられる。

何か硬いものが、手のひらに触れた。

「これは……？」

「そこが疼《うず》いて死にそうなんだ」

耳元で、イライアスが囁いた。熱っぽい目をしていて、吐く息は荒い。

レイラはゆっくりと指先を動かし、触れているものをたしかめた。

触れたことのない感触だった。珍しいうえに、ずいぶん大きな腫瘍のようだ。

イライアスが、苦しげな息を吐く。

（え？　待って、これって……）

そこでレイラは、触れているものの正体にようやく気づく。

「きゃあっ！」

飛ぶようにしてそこから手を離し、わなわなと震えた。

（ななな、なんてことを……！）

二十四歳にしていまだ恋人ができたことがなく、性交経験もないレイラだが、男性のその部分が発情すると硬くなることは、知識として知っていた。

おそるおそる見た彼の中心部分は、トラウザーズの布を押し上げるようにして勃立している。

まるで未知の怪物にでも対峙した気分になって、レイラはじりじりと後ずさった。

「レイラ」

思いがけず近くから声がして、レイラはビクッと身を竦ませる。

離れたと思ったのに、いつの間にかイライアスが目と鼻の先にいた。吐息が頬にかかるほどの距離から、熱っぽい視線を送られている。

「『場合によっては』どころか、君じゃないと無理なんだ。俺のこれを鎮めるのは」

（なぜ、私の名前をご存じなのかしら？）

戸惑っている隙に、今度はペロリと耳を舐められる。

ジンとしびれる感覚が電流のように体を走り、レイラはぶるりと身を震わせた。

「ひゃ……っ！」

娼婦のような格好をさせられ、勃起した男性器に触れさせられただけでなく、耳まで舐められている。

さすがのレイラも、ここにきてようやく、今から彼が何をするつもりなのか勘づいた。

すぐさま逃げようとしたが、逞しい腕にがしりと抱きしめられ、身を封じられる。

「な……っ！　お、お離しください、陛下」

「俺を覚えてないのか、レイラ」

「何をおっしゃられているのですか？」

「俺と君は、こうやって何度も耳を舐めた仲じゃないか」

「不躾ながら、ぜんっぜん！　覚えておりません！」

「ひどいな。俺は、片時も君を忘れたことなどなかったのに。何を怯えている？　抱擁など、あの頃は当たり前のように毎日していただろう」

そう語るイライアスの声があまりにも悲しげだったから、レイラは思い直して、彼の顔をまじまじと見つめた。

琥珀色の瞳が、焦がれるような色を浮かべている。

不思議な既視感が一瞬だけ脳裏をよぎったが、それまでのことだった。

そもそも、国王であるイライアスと平民の自分とでは、本来であれば決して相まみえることのない関係。それなのにどうして彼は、以前に会ったことがあるような物の言い方をするのだろう？

「ああ、レイラ。そんなにじっくり見つめられたら、我慢ができなくなる」

イライアスが琥珀色の瞳をゆるりと細め、唐突にレイラを横抱きにした。

「きゃ……っ！」

男性にこんなことをされた経験など、もちろんあるはずもなく、レイラは思わず彼の体につかまる。スラリとしているようでいて、意外と筋肉質な体をしていた。

肌触りのいいリネンの敷かれたベッドの上に、そっと横にされる。

その仕草が思いがけないほど優しく、まるで壊れ物を扱っているようで、レイラは一瞬だけ怖さを忘れた。

イライアスはすぐにレイラに馬乗りになり、ひどく上機嫌そうにレイラの顔を眺め回す。

（この人、こんな顔もできるのね）

狼神、残虐王、悪魔。そんな異名しか耳にしていなかったし、謁見の間ではひどく自己中心的で冷淡な印象だったので、今の彼がまるで子供のような無垢な笑みを浮かべていることに驚かされた。

とはいえ、下賤の者を組み敷いて何がそんなに嬉しいのか、さっぱり分からない。

「レイラ」

すると、優しい声色で名前を呼ばれた。

謁見の間で耳にした苛立った声色とは異なり、やはりずいぶん柔らかい。

本当に、同じ人物なのかと疑うほどに。

「キスしてくれないか？　前みたいに」

イライアスの言っていることがいよいよ分からなくなったレイラは、混乱した。

ひょっとしたら、誰かと間違えられているのだろうか？

だがたしかに彼は、『レイラ』と自分の名を呼んだ。いったいどういうことなのだろう？

「恐れながら陛下。私はあなたにキスしたことはございません。ついでに言うと、誰とも」

男性経験の乏しさを、まさかこんなところで、あけすけに口にすることになろうとは。

恥じらいながら正直に告白すると、イライアスはムッとした表情をしたあとで、なぜか満足げにほくそ笑む。本当に、わけの分からない王である。

「本当か？　よく思い出せ」

「そんなことをおっしゃられても。……あ、そういえば」

レイラは、かつて一緒に住んでいた仔狼に、一度だけキスをしたことがあるのを思い出した。

そんなことを彼に告げても、なんの意味もないとは思うが、キスの経験があるといえばある。

「一度だけなら……。でも、相手は人間ではございません」

「そうか。では、なんだったんだ？」

「狼の子供です。輝くような銀色の毛をしていて、きれいな琥珀色の瞳をしていました。ちょうどそう――」

――陛下のような。

一心に自分を見つめる琥珀色の瞳に魅せられ、そう口走りそうになり、レイラは慌てて口を閉ざした。国王と獣を混同するなど、無礼も甚だしい。

「そうか。君はその仔狼のことをなんと呼んでいた？」

「……え？　ええと、アンバーです」

なぜそんなことを問うのだろう？　と思いつつも、おずおずと答える。

とたんに、若き王は目に見えて愉悦を孕んだ表情になった。

琥珀色の瞳はとろんとし、唇からは甘いため息が漏れる。

「ああ、レイラ。君のかわいい声でその名を呼ばれるのが、俺は大好きだったんだ」

切羽詰まったような口調で、イライアスが囁いたそのとき。

彼の頭頂部から、銀色の三角耳がぴょこんと姿を現し、レイラは一瞬呼吸を忘れた。

人間が獣の耳を生やすなど、普通だったらあり得ない。

目の錯覚かと思うところだが、レイラは違った。

頬ずりしたくなるようなもふもふのその毛並みに、はっきりと覚えがあったからだ。

朝焼けのような琥珀色の瞳と、しっかり目が合う。

そうだ。あの仔狼も、同じような美しい瞳の色をしていた。

ただしこんなに鋭くはなく、丸々として愛らしかったけれど。

「まさか、アンバーなの……？」

そうであってほしいという思いと、そうであってほしくないという思いが、胸の中に混在している。

すると、イライアスは無垢な子供のようににっこりと笑って、アンバーが肯定の返事をするときと同じように、レイラの鼻先をペロリと舐めた。

「ひゃっ！」

「なぜ逃げる？　前は逃げなかったじゃないか」

たしかにそのとおりだが、愛くるしい仔狼に舐められるのと、男盛りの成人男性に舐められるのとでは、受け取り方がまったく異なる。

いまだこの状況を受け入れられず、レイラは口をはくはくさせることしかできないでいた。

「ほ、本当に、アンバーなのですか……？」

「ああ。わけあって、あの頃は狼の姿で暮らさねばならなかったんだ。話せば長くなるから、今は割愛する。今の俺は、ようやく会えた番《つがい》を前に、それどころではない」

下半身にある硬いものを、今度は太もものあたりに押しつけられる。

（さっきから、やたらとセクハラまがいのことをされてるんだけど）

レイラは真っ赤になって身をよじろうとしたが、イライアスの屈強な腕が彼女の肩をがっちりととらえ、いとも容易くそれを阻止した。

（ていうか〝番《つがい》〟って何？）

戸惑いの極致にいるレイラをよそに、イライアスは長い舌で、彼女の耳をねっとりと舐め上げた。続け様にぴちゃぴちゃという卑猥な音を耳元で立てられ、羞恥のあまりレイラは顔を赤くする。

「へ、へいか……！」

「恥ずかしいのか？　かわいいな」

そんなレイラを満足げに見下ろし、イライアスは今度は、レイラの顔に隅から隅まで舌を這わせた。べちょべちょとひたすら舐め転がされ、まるで飴玉にでもなった気分だ。

（そういえば、アンバーにも、しょっちゅう顔を舐められていたわね）

だがやはり、愛らしいもふもふの仔狼と偉大なるこの国の王に舐められるのとでは、勝手がずいぶん違う。

ひとしきり顔面を舐められたあとは、仕上げとばかりに、唇ばかりを丹念に舐め転がされた。

「ん……っ」

時間が経つにつれ、甘い疼《うず》きがじんと下腹部に走り、レイラを翻弄する。混乱のあまり呼吸の仕方を忘れそうになって、レイラは空気を求めるように唇を開いた。

すると、すかさず舌をねじ込まれ、口腔内を余すところなく舐め回される。

しまいには、舌を絡められ吸い上げられた。

「んふっ、んん……っ！」

下腹部に落ちる甘い疼《うず》きは強度を増していき、レイラはたまらずくぐもった声を上げる。

口腔内をひとしきり犯したあと、イライアスは今さらのように、唇に触れるだけのキスをしてきた。さんざんリップ音を響かせたあとで、自分の唾液にまみれたレイラの唇を、うっとりした表情で眺め回す。

「ようやく、こうやって君の唇を味わうことができた。あの頃と変わらず甘いな」

一方のレイラは、先ほどの激しいキスの余韻で、熱に浮かされたようにぼうっとなっていた。

触れられたのは唇のはずなのに、どうして下腹部がこんなにも疼《うず》くのだろう？　まるで、自分の体が得体のしれないものにでも変化したかのようだ。

あまりの羞恥にいよいよ耐えられず、覆いかぶさるイライアスの体を、レイラはどうにか押しのけようとした。だが、どんなに力を込めてもびくともしない。

「陛下、どうか、おやめください……！」

「言っただろう？　俺はとっくに限界を超えている。いくら君の頼みでも、その願いは聞き入れられない」

「……お願いです。ポーラが、私の帰りを待っているのです」

「ポーラとは？」

「十四歳の頃から一緒に暮らしてきた方です。私にとっては、育ての母のような大事な存在なのです」

するとイライアスは、そこで初めて思案するような素振りを見せた。

今がチャンスとばかりに、レイラは早口で畳みかける。

「それに、宿で待たせているダニエルも、お城に連れていかれた私のことを心配していると思います。早く戻って、無事だと教えてあげたいのです」

だが、よかれと思って放ったこのセリフがダメだったらしい。思案顔だったイライアスが、ダニエルの名前を口にしたとたん、スッと冷淡な顔つきに変貌する。

「ダニエル……男か」

低い声でつぶやくと、イライアスは突然、レイラの着ているドレスの胸元をほどいた。紐で簡易的に結ばれていたそれは、いとも簡単にはらりとほどける。あろうことか、ドレスの下には下着すら身につけていなかった。あっという間に裸の胸が露わになるのを、レイラは信じられない気持ちで見つめる。

冷淡な瞳に、またうっとりとした甘さが戻った。

「レイラ、大人になったな。想像していた以上にきれいで厭らしい」

「や……っ！」

あまりの恥ずかしさに、レイラは急いで胸元を隠そうとしたが、すかさず首の後ろをペロリと舐められた。今までとは比べ物にならない甘い疼《うず》きが体を走り、胸を隠すのを忘れて、陸に打ち上げられた魚のように体をしならせる。

「あぁん……っ！」

あまりの刺激から、身動きすら取れなくなってしまう。そんなレイラに追い打ちをかけるように、イライアスはそこを立て続けにチロチロと舌先でつついてきた。

「あっ、あ……っ。そこ、いやぁ……っ」

情欲をたたえた目で訴えかける自分の顔が、けだものと化した目の前の男をますます煽っていることなど、レイラは気づく由もない。

「やはり、この〝番《つがい》の証〟が感じるのか。先ほども、気持ちよさそうにしていたものな」

（番《つがい》の証？　どういうこと？）

イライアスの言葉に違和感を覚えたレイラは、今舐められている首筋のあたりに、かつてアンバーにつけられた噛み痕があることを思い出す。とはいえ、未知の感覚に翻弄されている今は、そのことを彼に言及する余裕はなかった。

そうこうしているうちに、イライアスが首筋に舌を這わせたまま、片方の手で剥《む》き出しになった乳房に触れてきた。タプタプと質量をたしかめるようにすくい上げられ、続いて全体を揉み込まれる。

彼の手の動きに従って、白い柔肉がぐにぐにと形を変える様は、ひどく卑猥に見えた。とてもではないが直視できず、レイラはカアッとなって視線を背ける。

「ああ、レイラ。やはりずいぶん大きくなった」

成熟した男の、ため息のような声がする。

「昔、よく湖で一緒に水浴びをしただろ？　あのとき俺は、君の裸を見るのが楽しみで仕方がなかったんだ。特に、ここの成長を見るのが」

人差し指を、片方の乳房にふにっと埋められた。

「やだ、そんなこと言わないで……」

恥ずかしさから、泣き声に似た声を上げる。あの愛らしい仔狼が、自分の裸体をそんな目で見ていたなど、想像したくもない。

すると今度は、中心にある薄紅色の突起を、両方いっぺんにぎゅっとつままれた。

今までとは違うピリッとした刺激が、胸の先から体の末端へと走り抜けていく。

「んぁ……っ！」

「気持ちいいか？」

満足そうに微笑みながら、つまんだ突起を、二本指で丹念にこすられた。続いてぎゅっと引っ張られ、すぐに離される。

乳房がぷるんと揺れるのを楽しむように、その行為を何度も繰り返すイライアス。

ものすごく恥ずかしいはずなのに、甘い疼《うず》きが腰のあたりを満たし、レイラから抵抗する気力を奪っていった。

「先がすごく硬くなってきた」

「もう、やめてください。恥ずかしい……」

「やめるわけがないだろう、これからだというのに」

そう言うと、彼が赤い舌をちろりと覗かせる。なぜそんな風に舌を出すのだろうと、レイラが不思議に思っていると、おもむろに銀色の頭が下方に移動した。

伸びてきた彼の舌が、今度はねっとりと胸の先端を舐め上げる。溶けるような感覚が胸の先から体の中心へと落ちてきて、レイラは背筋をのけぞらせた。

「んん……っ、いやぁ……っ」

抵抗したお仕置きとばかりに、ペロペロと、イライアスはしきりにそこを舐め続けた。

まるでアンバーが、お皿に残ったミルクを舐めているときのように。

「レイラ。水浴びのとき、じゃれてるフリをして一度だけここをこうやって舐めたことがあるのを覚えているか？　まだ少女だった君はくすぐったいと笑っていたが、あのときの俺は、実は発情を抑えるのに必死だったんだ」

聞きたくもない過去の思い出話を暴露しながら、イライアスは舌先で乳首を転がし続ける。

そんなことがあったような気もするが、動物のすることと思って、気にもとめていなかった。

まさか、そんな目で見られていたなんて。

（なんてことを言うの、このエロ狼……っ！）

今さらな怒りが湧いてきたが、今のレイラには、どうすることもできなかった。

レイラが無抵抗なのをいいことに、イライアスは両胸を鷲掴みにすると、我が物のように突き出た尖りを交互に舐めしゃぶってくる。

ぱくりと右胸の先端を食まれ、ジュッと吸い上げられると、もうたまらなかった。腰が跳ね、次第に意識が白んでいく。

信じられないくらい恥ずかしいことをされているはずなのに、しびれるような甘い快感を得ている己の体が怖い。

イライアスは、そんなレイラの心の変化を分かっているかのように、反対側も同じように音を立てて吸い上げてきた。同時に反対の胸の先をぎゅっとつまれたとき、レイラは腰をひくつかせながら、ひときわ淫らな声で鳴いた。

「んぁっ、あぁっ……」

「ああ、厭らしい声だ。感じてるんだな。ほら、美味しそうに熟してきた」

そう語る彼の口には、紅色に色づいた乳首が含まれたままだった。彼の唾液にしっとりと濡れ、吸い上げられるのを待ちかねているようにツンと上を向いている様は、見ていられないほど淫猥だ。

レイラに見せつけるように、彼の舌先が、再びゆっくりと熟した凝りを舐め上げる。

「もう、いやぁ……」

レイラは涙声になると、救いを求めるように、彼の銀色の頭に両手で触れた。すると、ぴょこんと飛び出たままの三角耳が手に触れる。

知らず知らずのうちに、指が、そのもふもふの毛並みをたどっていた。

(この感触。やっぱり、アンバーなのね)

指先を滑る柔らかな毛の感触を、この十年、レイラはずっと覚えていた。

あの日、自分の不注意で怪我をして、アンバーをひとりぼっちにしてしまったことを、レイラは繰り返し後悔してきた。

アンバーのことを思い出しては、今どうしてるのかしらと思いを巡らせ、どうか幸せに暮らしていてほしいと切に願ってきた。

なぜか国王と化した彼に体を舐められている今の状況は理解しがたいが、ただひとつ。

こうしてアンバーが無事だと分かって、長年の心のわだかまりは間違いなく晴れていた。

「アンバー、無事だったのね……」

気づけばレイラは、自分でも驚くほど優しい声を出していた。

胸に顔を埋めていたイライアスが、動きを止めて視線を上げる。

澄んだ琥珀色の瞳が、ゆっくりと見開かれた。

狼神や残虐王と呼ばれ、人々から畏怖されている、鋭いまなざしが消えている。

嬉しそうに、そしてほんの少し寂しそうに。イライアスは、仔狼だったあの頃を思わせる無邪気な笑い方をした。

「レイラ」

彼が自分の名を口にするときは、いつもとろけるほど優しい声色になる。そのことに気づいたレイラは、一瞬だけ今の理不尽な状況を忘れ、胸をじんと震わせた。

だがその直後、イライアスが耳を疑うような言葉を口にする。

「俺の子を孕んでくれ」

（……え、何？）

言葉の意味は理解できるものの、なぜそんなことを言うのか分からず、レイラは呆けてしまう。

直後、彼はレイラの太ももに手をかけ、いとも容易く下着をずりおろしてしまった。

そして抵抗する間もないまま剥《む》き出しにされた下腹部に、クンと鼻先を近づける。

「なんて濃密な香りなんだ。君の香りで鼻腔が満たされて、早くも達してしまいそうだ」

「な……っ！」

先ほどまでの和やかな空気はどこへやら、再びセクハラを優に超えた破廉恥な行動に出たイライアスに、開いた口が塞がらなくなる。慌ててその頭を股間から引きはがそうとしたが、びくりともしなかった。

「そんなに恥ずかしがることではない。君が寝ているときに、ここも何度かこうして匂いを嗅いだことがあるのだから」

「……っ！」

愛らしい仔狼との清らかな思い出を、これ以上汚さないでほしい。

ショックのあまりレイラが愕然としているのをいいことに、イライアスは三角耳をピンと立て、クンクンと犬のように股間の匂いを嗅ぎ続ける。それからレイラの太ももにより力を加え、秘めた部分を開くと、ため息のような声を漏らした。

「――ああ、花びらが蜜でぐっしょりだ」

自分でもじっくり見たことのないところを、あろうことか、この国の最高権力者にまじまじと観察されている。それに、先ほどからそこが湿りけを帯びているようで焦っていたのだが、どうやら本当に濡れているらしい。

(なんてはしたないの……!)

そこが今どうなっているか、想像しただけで耐えられず、レイラは膝を閉じようとした。だが興奮で我を忘れている若き王は、レイラの抵抗を物ともせず、あろうことかより近くに顔を近づけてくる。

直後、ぬめっとした感触がそこに落ちてきて、レイラは悲鳴に似た声を上げた。

「ひぁん……っ!」

ぬめ、ぬめ、とその後もその感触は絶えず続いた。

あろうことか、イライアスが今度はその部分を舐め始めたのだ。

花びらの隙間を生温かい感触が余すところなく這い、しとどにあふれた蜜を巧みに舐めとっていく。しまいには、花びらをジュッと音を立てて吸われてしまった。

「やぁ……っ！　んんっ」

　耐えがたいほどの恥辱を受けているのに、待ち受けていたかのように腰がわななき、ピクピクと跳ね上がる。

　気持ちとは裏腹に、口からは甘えるような声が漏れた。まるで自分ではない、色欲めいた女の声を聞いているかのようだ。

「ここをこうしたら、どんなに美味しいだろうかと、いつも想像していた。美味しいだけでなく、花びらがピクピク震えて、本当にかわいいな」

「やあぁ……っ、そんなところで、話さないで……っ！」

「嫌か？　では、話すのはやめにしよう」

　どことなく意地悪さを含んだ声で言うと、今度は、上部にある突起を指で探り当てられた。秘めた蕾を剥《む》き出しにされ、勢いよくむしゃぶりつかれる。

　力強く吸引された直後、今までとは比べ物にならない激しい刺激が脳天に駆け上がって、レイラの視界に霞がかかっていった。

「あ……ああっ！」

　背中をのけぞらせて悶えるレイラを眺めながら、イライアスが、ぷっくりと勃ち上がったその部分をあやすように舌先でチロチロ舐めてくる。そしてまた、ちゅううっと音を立てて吸いつかれた。

同時に、両胸の先端をぎゅっとつままれたとき、敏感な三ヶ所に与えられた刺激がひとつになって、再びレイラの全身を貫いた。

「ああ、んっ、あああぁ……っ！」

さざ波に似た何かが脳天に昇りつめ、大きく爆ぜる。

視界が無になって、快楽の余韻に耐えるように、ビクンビクンと腰がわなないた。

「ああ、レイラ。達ったのか」

霞が薄れ、ようやく視界が開ける。まるで価値ある芸術品に見惚れているような、とろけた表情のイライアスが目に映った。

自分の身に何が起こったか分からず、レイラは肩で息をしながら呆然と彼を見返すばかりである。イライアスはそんな彼女を見ながら幸せそうに微笑むと、唇にちゅっと触れるだけのキスをした。

それから今度は、あろうことか、濡れそぼった蜜壺に中指を入れてきたのである。

「ん……っ」

「大丈夫だ。これほど濡れているなら痛くない」

ジュボッ、ジュボッと、あふれてやまない蜜を掻き出すように、ゆっくりと抜き差しが繰り返される。

「やっ、あっ、ンあ……っ！」

またしても、甘い疼《うず》きが脳天に昇っていく。こんなにも恥ずかしいことをされているのに、甘い女の声を漏らし、誘うように腰をひくつかせる自分に、レイラは戸惑うばかりだった。

はしたない自分が情けなくて、泣いてしまいたい。

それでも、体は潤んで、与えられる刺激を本能のままに受け入れていく。

今までの自分が、みるみるうちに変わっていくようで、恐怖でしかなかった。一方で、この甘い疼《うず》きの先を知りたいと思っている気持ちもたしかにある。

困惑するレイラをなだめるように、指での愛撫を続けたまま、イライアスが彼女の額にそっと口づけた。こめかみ、目尻、頬と、触れるだけのキスが落とされていく。

下腹部は彼の強引な指技によってドロドロに溶かされてしまったのに、その仕草は泣きたくなるほど優しくて、レイラは真綿にくるまれているような心地よさを覚えた。

無意識のうちに腕を伸ばし、彼のキスを受け入れるかのように、逞しい背中を抱いてしまう。

ビクッと肩を揺らしたイライアスが、深いため息をついた。

「……レイラ。俺の子を産んでくれ。君にしかできないんだ」

まるで追い込まれたような、切羽詰まった声。

レイラは荒い息を吐きながら、彼の整った顔をぼんやりと見返した。こちらをまっすぐに見つめる琥珀色の瞳には、あふれんばかりの情欲がたぎっている。

よりいっそう困惑せずにはいられなかった。

（さっきから、平民の私に、どうしてそんなことばかりおっしゃるのかしら？）

由緒あるザルーラ王室は、昔ながらの権威主義だ。

国王と子を生せるのは、王妃、もしくは側妃のみである。もちろん、彼女たちは貴族階級、それも上位貴族と呼ばれる身分でないといけない。

自分のような下賤の者が、彼の子を産むなど、あってはならないことなのだ。

聞きたいことは、たくさんある。

先ほどイライアスが口にした〝番《つがい》の証〟という言葉と、レイラがこうして彼に組み敷かれている状況には、おそらく関係があるのだろう。だが平常心を失っている今の彼には、それを説明する余裕はなさそうだった。

レイラが複雑な思いを抱いている間も、彼の指の動きが止まることはなかった。発情期の獣のごとく細切れの息を吐き出しながら、レイラの隘路《あいろ》を広げることに夢中になっている。

太ももに触れた彼の男の昂ぶりが、先ほどよりも質量を増していた。トラウザーズ越しでも、先端が湿りけを帯びているのが分かる。

男性経験がないとはいえ、レイラにもそれ相応の知識はあった。

彼はきっとこのまま、飢えた獣のように、その昂ったものでレイラを貫くつもりなのだろう。

「――っ。もう、我慢できそうにない」

案の定、唸るようにつぶやいた彼が、自らのトラウザーズに手をかけた。蜜壺から指が引き抜かれ、代わりに硬質なものがひたりと押し当てられる。

思った以上の硬さと大きさに、レイラは身を固くした。

「待――っ」

「待てない。大丈夫だ、ゆっくり息を吐いて」

イライアスはレイラの細腰を強く抱くと、苦しげな息を吐きながら、初心《うぶ》な隘路《あいろ》を剛直で広げていった。

想像を絶する異物感だった。

じわじわと腰を押し進められるにつれ、裂けるような痛みがそこに走る。まるで、熱い木の棒で串刺しにされているようだ。

「は……っ！」

痛みに耐えるため、レイラは歯を食いしばる。その間も彼は、休むことなく、じわじわと自身を奥まで埋めていった。

「――全部入った」

やがて、ため息のようなイライアスの声がした。

荒い呼吸を繰り返していて、レイラを見下ろす目はうつろである。

「これで、ようやく君に子種を植えつけられる。なんて幸せな気分なんだ」

一方のレイラには、もはや、彼の言葉の意味を考える余裕など残されていなかった。

異物感に、ひきつれたような痛み、それからじんじんと腹の底から湧く泉のような疼《うず》き。

いまだかつてない感覚に何重にも支配され、なすすべもなく、あえかに呼吸を繰り返すだけである。

「痛いか？　少しだけ我慢してくれ。じきによくなるから……」

イライアスは申し訳なさそうに言うと、彼女の額にそっと口づけた。それから、ゆっくりと腰を引き、また押し進める。

愛液にまみれた剛直が、繰り返し蜜壁をこすり上げていく。

「あぁっ、んん……っ！」

舌や指で触れられたときとは比べ物にならないほどの大きな刺激が、ずりずりと奥底からせり上がってくる。それはいつしか痛みを超えて、背筋がわななくほどの快感を生んだ。

「あっ、んっ、あぁんっ！」

「レイラ、レイラっ！」

ゆっくりとたしかめるようだった抽挿は、徐々に速度を増していった。

ぱちゅんぱちゅんと愛液がかき混ぜられる音と、イライアスの荒い吐息、レイラの嬌声が、部屋の空気をさらに濃密にする。

「んっ、んぁっ、あぁ……っ！」

下腹部を穿つ熱杭に、体の芯まで溶かされてドロドロになりそうだ。

うつろな目で前を見据え、半開きの薄桃色の唇から涎をこぼし、レイラはただひたすら、初めて与えられる快楽に身を任せていた。

自分の思うがまま体を揺さぶられている彼女を、イライアスは獲物を捕食する獣のようなまなざしで、一心に見つめている。

「レイラ……っ」

抽挿が、より激しくなった。

汗を迸《ほとばし》らせながら、イライアスはうわごとのように彼女の名を呼び続ける。

「レイラ、レイラ、レイラ……っ！」

（もう、壊れてしまいそう……！）

子宮の奥を絶えず突かれるうちに、またあの稲妻に似た感覚が脳天に昇りつめ、真っ白な濃霧が視界を覆った。

ああ、爆ぜる――

そう予感した瞬間、体の隅々まで行き渡った緊張が、あっという間に弾けて弛緩した。

レイラがガクガクと腰を痙攣させると同時に、「う……っ！」とイライアスが苦しげに唸る。

レイラの中で、生き物のように脈打つ彼の昂ぶり。膣の奥が熱いもので満たされていく。

力尽きたようにレイラの胸に顔を埋めたイライアスは、しばらくそのまま動かなかった。

彼自身は、いまだレイラの中に埋められたままだ。

やがてイライアスが、肩を上下させながら、ゆっくりと身を起こす。

初めての経験に翻弄され、ようやく終わりを迎えたことに、レイラは心底ホッとしていた。

いまだぼんやりとした思考のまま、自分を組み敷く彼と見つめ合う。

フサフサの三角耳は、いつの間にか消えていた。

目の前にいるのは、額から汗をしたたらせ、濃密な雄の色気を放っている、ひとりの男。

（この人は、誰？）

薄れゆく意識の中、唐突にそんな不安に襲われる。

彼は己のことを、かつてともに暮らした仔狼だと告白した。

言われてみればたしかに琥珀色のその瞳には見覚えがあったたし、閨事《ねやごと》の途中で飛び出た獣耳にも、たまらない既視感を覚えた。

だが今レイラの目に映っているのは、今しがた自分を犯したばかりの、見知らぬ男にすぎない。

（かわいいアンバーは、こんなことしないわ）

『ウォンッ！』

遠い昔、森の中で聞いた、愛しい鳴き声が耳によみがえる。

愛くるしい琥珀色の瞳に、ぴくぴくとかわいらしく動く三角耳。

好物は、チーズと燻製ベーコンだ。お気に入りの玩具は布で作ったボール。

アンバーはレイラのかけがえのない友達で、たったひとりの家族だった。寝るときも、水浴びのときも、万能薬を作るときも、いつも一緒だった。

熱いものが胸に込み上げ、レイラの目から、ポロポロと涙が零れ落ちていく。

目の前にいる男の琥珀色の瞳が、戸惑うように揺らいだ。

「レイラ……？」

「あなたは、アンバーじゃない。私のアンバーは、もっと小さくて、かわいかったもの……」

疲弊により限界を迎え、まどろむ意識の中、心のままにそんな嘆きを口にする。

そしてレイラは、あっという間に眠りの底へと落ちていった。

◆

意識を手放す寸前に、泣きながら衝撃の言葉を放ったレイラを、イライアスはしばらくの間呆然と見つめていた。

乱れた敷布の上に横たわる彼女は今、泥のように眠っている。

自分の唾液まみれのその体と、真っ白な敷布に散った鮮血。それらに順に視線を移すうちに、イライアスはみるみる正気を取り戻していった。

「俺は、なんてことを……」

謁見の間で、彼女の顔を見た直後のことだった。

ようやく再会できたと分かったとたん、稲妻のようなしびれが全身に走り、理性が暴走した。

大きなエメラルドグリーンの瞳に、薄桃色の唇、そして、甘い蜂蜜を彷彿とさせるキャラメル色の髪。夢にまで見た大人になった彼女は、想像よりも遥かに美しくなっていた。

あの瞬間、今すぐその場で彼女を組み敷きたい衝動に駆られ、イライアスはどうしたらいいか分からなくなった。そのため謁見の間からひとまず逃げ出し、気持ちを落ち着けたのだ。

（まさか、番《つがい》の強制力がここまで強いとは）

衛兵に命じて彼女を引きとめ、寝室で再度会ったときにはもう、完全に彼女を抱きつぶすこと以外考えていなかった。

もしも彼女と会えたなら、複雑な己の事情を時間をかけて説明し、ゆっくりと愛を育んでから、一日も二日もかけて大事に抱く予定だったのに……

こんな風に無理やり抱くつもりは、まったくなかった。

眠るレイラを見つめながら、後悔の念に苛まれるイライアス。

すると、コンコンとドアをノックする音がする。

「陛下。後始末をする侍女を連れてきましょうか？」

側近で乳兄弟のキースの声だった。

こんなときですら淡々と話す彼に、軽い苛立ちを覚える。

「いや、誰も入れるな。始末は俺がする」

雌の色香が漂う今のレイラを、他人には見せたくはない。たとえ女であろうとも、絶対にごめんだ。

「御意」

ドア向こうでキースが静かに答え、去っていく気配がした。

イライアスは眠っているレイラを横抱きにすると、居室に備わっている浴室へと移動した。

浴槽には、すでに湯が溜まっていた。急ごしらえとはいえ、ぬかりがないのは、おそらくキースの配慮だろう。相変わらず、怖いくらいに気のきく男である。

ちょうど人肌の湯に、そっと彼女を横たえる。それから甘い香りのする石鹸で、彼女の全身をくまなく洗った。彼女の体をまさぐるうちに、再度熱を帯びてきた自分の下半身を必死になだめながら。

そうしている間も、欲望に負けて彼女を無理やり抱き、純潔を奪ってしまったという負い目が、再びイライアスに襲いかかってくる。

「ああ、くそ……っ！」

イライアスは片手で頭を抱え、改めて自分の失態を悔いた。

（許せ、レイラ。それでも、もう一生手放すことはできない）

彼女があの森からいなくなったときから、この日だけを夢見て生きてきたのだから――

公には知られていないが、長い歴史を持つザルーラ王家は、もとは獣人の一族だった。

獣人は、人間より力が強く、嗅覚も鋭い。ザルーラを大陸一の大国にするのに、そう時間はかからなかった。

だが獣人と人間の交配が続いた結果、獣人は何百年も昔に絶滅してしまった。

そのはずが、イライアスは期せずして、獣人の性質を持って生まれた。

いわゆる先祖返りという現象で、過去にも、先祖返りの王族がいたらしい。

イライアスは幼い頃から身体能力に恵まれ、嗅覚にも優れていた。

年端もいかない頃から狼に変化することもできたが、人前でむやみに獣化してはいけないと母に念を押され、ひた隠しにして成長した。その頃、イライアスが獣化できることを知っていたのは、母とキースだけだった。

イライアスの母は、貴族といえども、没落した伯爵家の娘にすぎなかった。夜会で父王に見初められ、側妃となったが、権威主義のザルーラ王室において、かなり肩身の狭い思いをしたらしい。

父王には、当時すでに正妃がいた。だが父王と正妃との間にはいつまで経っても子は生まれず、イライアスはこの国唯一の王子として育てられることとなる。

この国有数の上位貴族の出自である正妃は、プライドが高く、気も強かった。そして名もなき伯爵家の側妃の子供が王太子としてのさばっていることに、強い拒否感を抱いていた。

だから、巧妙な手口でイライアスの母を毒殺したのだ。

それから、イライアスに虚偽の所用を言い渡し、帰りの馬車を襲わせた。イライアスが九歳の頃のことである。

正妃の誤算は、イライアスが先祖返りの特別な王子だったという点だ。

馬車が敵に取り囲まれた際のキースとのやり取りを、今でもはっきり覚えている。

『私が全力であなたをお守りします。あなたは狼に変化して、今すぐここから逃げ出し、〝死霊の森〟に身を隠してください』

六歳年上のこの乳兄弟は、赤ん坊の頃から常にイライアスの近くにいて、母を失ったばかりのイライアスは彼だけを頼りにしていた。

『ただし、身を隠している間も、決して人間の姿になってはいけません。あなたを目撃したという噂が流れ、王妃の耳に入っては危険ですから。片がつき次第、必ず迎えに行きます』

それからキースは、剣を腰から引き抜くと、果敢に敵の中に飛び込んでいった。

キースの言葉に従い、イライアスは迷うことなく獣化した。そしてキースが敵の目を引きつけている間に、馬車から飛び出したのである。

『わ、なんだっ⁉』

『なんで狼がこんなところにいるんだ⁉』

突如現れた狼が、まさか標的の王子だとは、誰ひとり考えつかなかったようだ。

敵を欺くことに成功したイライアスは、弾丸のようにそこから遠ざかり、闇にまぎれて〝死霊の森〟を目指した。

のちに聞いた話によると、正妃の悪だくみに、キースは前々から勘づいていたらしい。

そしていざというときのイライアスの逃げ場として、数年前から〝死霊の森〟の悪評を流していた。

そうすることで、人を寄せつけない最良の隠れ家を意図的に作り上げたというわけだ。

地味な顔のわりに、つくづく狡猾な性分の男である。

そしてイライアスは、あの森でレイラと出会った。

初めて一緒に寝た夜、彼女は小さなイライアスの体をぎゅっと抱きしめてくれた。ひとりぼっちで孤独に苛まれていたイライアスは、その温もりに救われた。

イライアスのすべてを包み込んでくれる彼女の温かさは、母のようだった。

微笑みながら頭を撫でてくれるときは、姉のようだった。

小さな窓から星空を見上げて寝物語を語るときは、友人のようで。

イライアスがレイラを特別な存在だと認識するのに、時間はかからなかった。

だがあるとき、王都に薬を売りに出かけたきり、彼女は森に帰ってこなかった。

一週間、二週間と時が過ぎ、森で孤独に過ごしていたイライアスのもとにようやく現れたのは、彼女ではなく二年ぶりに会うキースだった。

あの日、追手から逃れ暗躍していたキースは、ついに正妃の罪を暴くことに成功したらしい。

正妃は離縁されたうえに投獄されたと、キースはイライアスに告げた。そして父王が、二年前に行方不明になったこの国唯一の王子の帰還を、切望しているとも。

イライアスはキースとともにザルーラ城に戻ったものの、レイラを忘れることはなかった。

やがて時が経ち、父王が死去して、イライアスは王位に就く。戦の合間を縫って、本格的に彼女を捜すようになったのは、その頃からだ。

見つけるのに、実に五年もかかってしまった。

「俺の、愛しい番《つがい》」

浴槽につかる彼女の首筋を撫でながら、白い肌に映えるふたつの赤い噛み痕に触れる。

首筋に噛みつき、番《つがい》の証をつけたのは、彼女を自分だけのものにしたいという本能からだった。

かつて獣人は、年ごろになると伴侶を決め、証として首に特別な噛み痕を残した。

獣人は生涯にわたり、噛み痕をつけた番《つがい》とだけ交わる。

獣人の性質を持つイライアスは、誰に教わるでもなく、本能としてそれを知っていたのだ。

隅々までレイラの体を洗い終えると、クローゼットの中にかかっていたシルクの夜着を着せる。

それからそっと彼女の体をベッドに横たえ、額に口づけた。

後ろ髪を引かれる思いで部屋を出ると、姿勢正しくドアの横で待っていた彼の側近と目が合う。

「ようやく目当ての女性に出会えたというのに、不本意という顔ですね」

コツコツと廊下を歩むイライアスの後ろに従い、キースが声をかけてくる。

「いろいろなことが、予定と違ったからだ」

「左様ですか。それにしても、まさか彼女が運命の番《つがい》だったとは驚きです。薬師ではないと言っていたので、絶対に違うと思っていたのですが。なんせあなたが番《つがい》探しのために出した第一条件は、〝腕のいい薬師〟でしたからね。第二に〝二十代中ごろの女〟。第三に〝レイラという名前〟」

「あの頃は、薬師だと思っていたんだ。子供ながらに、複雑な工程の薬を、器用に作っていたのだからな。俺もあの頃はまだ子供だったから、そんな裏事情までは推測できなかった」

彼女が薬師ではなかったとは、意外だった。どうりで薬師名簿に名前がなく、しらみつぶしに薬屋を当たっても見つからなかったわけだ。

だから仕方なく、国中から条件に合う女薬師を連れてくるという、気の遠くなるような方法に切り替えたのである。

とにかく、この男が機転をきかせ、薬師ではないと告げた彼女をこうして王宮まで連れてきてくれたことが、幸運を呼んだのだ。相変わらずの狡猾さと気配りには辟易する。

「あの方は人数合わせだと思っていましたので、名前を確認していなかったのですが、まさかレイラ様ご本人だったとは驚きです。何はともあれ、ようやく肩の荷が下りましたよ。これでもう、血眼になって、日に三人以上女薬師を連れてくる必要がなくなったのですから」

「お前には、苦労をかけた」

「陛下からそんなお言葉を頂けるとは、光栄です」

キースが、背後でうやうやしく頭を下げた。

そこでイライアスは足を止め、キースを振り返る。

「お前に頼みがある」

「なんでしょう？」

「彼女が目を覚ましたら、ここに連れてきた理由を説明してやってくれ。それから、城では自由に暮らしていいとも。ほしいものはなんでも与えるし、食べたいものものなんでも用意する、遠慮はするなと」

「もちろんでございます。レイラ様には、大事なお世継ぎを産んでいただかないといけませんからね」

キースの返事に、イライアスは複雑な思いを抱く。だから、返事をすることなく再び歩き始めた。

イライアスは、レイラ以外の女を抱けない。

それは、レイラに証をつけ、番《つがい》として認定しているからだ。彼女以外の女にはまったく興奮しないどころか、嫌悪感を覚えるほどである。

つまりイライアスがレイラを捜したのは、彼女に会いたかったのもあるが、そもそもは世継ぎ作りのためだった。自分の特異体質のせいで、由緒あるザルーラ王家の血を絶やすわけにはいかない。

(だが、しばらくは距離を置こう)

『あなたは、アンバーじゃない。私のアンバーは、もっと小さくて、かわいかったもの……』

意識を失う寸前、彼女が放った言葉が、いまだイライアスの胸をじくじくとえぐっている。

レイラは変わってしまったイライアスを、好ましく思っていないようだ。

無理やりあんなことをしたのだから、当然である。

どんな強敵も怖くない。だが、彼女に嫌われるのだけは耐えられない。

だからもう二度と、先ほどのように、盲目的に彼女を抱きたくなかった。

そんなことをしたら、彼女はますます、愛らしい仔狼からかけ離れてしまった発情期の愚かな王を嫌うだろう。

（どうにかして、彼女を前にしても平常心でいられるすべを考えねば）

イライアスはしょんぼりと肩を落とすと、大きくため息をついた。

第三章　とにかく大事にはされているようです

数時間後。

目を覚ましたレイラは、状況が呑み込めずに、ベッドの上でしばらくの間呆然として
いた。

体が異様に重だるい。そのうえ、下腹部までズキズキと痛い。

そのうちに先ほどの衝撃的な出来事を思い出し、今さらながら動揺した。

かつてかわいがっていた仔狼が、この国の偉大なる王となってレイラの前に再び現れ、
飢えた獣のごとく純潔を奪ってしまった。改めて考えても、理解しがたい出来事である。

「そうだわ。体をきれいにしないと……」

ふと思い出したレイラは、慌てて自分の体を見た。

ところが、さぞや乱れているだろうと想像した体は、意外にもさっぱりしている。汗
や体液がきれいにぬぐい取られ、石鹸のよい香りに包まれていた。

剝《は》ぎとられた夜着はどこかに消え、シルク素材の清潔なロングワンピースを着せられ

ている。

（誰かが湯浴みをさせてくれたのかしら？）

寝ている間に体を洗ってもらったなんて、申し訳なさすぎる。だが、今はそんなことよりも。

「とにかく、逃げなくちゃ……！」

レイラは思い直すと、がばりと顔を上げた。

病床のポーラが、レイラの帰りを待ちわびているのだ。

キースはすぐに帰れると言っていたが、この分だと、早々に帰れそうにもない。

帰してくれないなら、逃げるよりほかない。

残虐王と呼ばれるイライアスのことだ。逃げたら制裁が待ち受けているのかもしれないが、ポーラともども逃げ出せば問題ない。そして異国に行き、彼に見つからないようつつましやかに生きるのだ。

アーチ扉の向こうはすでに真っ暗で、廊下からは物音ひとつしない。

おそらく、城の者は寝静まってしまったのだろう。逃げるなら今だ。

鉄の鎧をまとったかのように重い体をベッドから引きずり出し、どうにか入口のドアにたどり着く。だがドアノブを捻ろうとしたそのとき、期せずして外側からガチャリとそれが開いた。

危うく鼻先をドアにぶつけそうになり、レイラはしりもちをついた。

現れたのは、ランプを手にしたキースだった。

ドア口に立ち、相変わらずの無表情でレイラを見下ろしている。

(どうしよう。逃げようとしたのがバレたのかも)

レイラはサアッと青ざめたが、キースは気にとめる風もなく、部屋の中ほどにあるカウチソファーに視線を向けた。

「食べ物と飲み物をお持ちしましたので、どうぞお座りください」

続いて彼が持ち込んだワゴンには、ティーポットにカップとソーサー、それから色とりどりのマカロンやパイなどがたっぷり並んだ銀の三段トレイがのっている。

レイラは、思わずごくりと喉を鳴らした。

お腹が空いていたのもあるが、そもそも、昔から甘い物には目がないのだ。

森でひとり暮らしをしていたときも、木苺やラズベリーのジャムをたっぷりのせたタルトを定期的に作っては、至福のひとときを過ごしたものである。

甘い物につられるようにしていそいそとカウチソファーに行くと、キースが丸テーブルの上に紅茶とお菓子を給仕してくれた。

「あ、ありがとうございます。ん、美味しい！」

手始めにひとかじりした檸檬《れもん》色のマカロンは、絶妙な甘酸っぱさだった。

頬がとろけそうになりながら味わっていると、「レイラ様」と改まったようにキースに呼ばれる。

「突然のことで、驚かれたでしょう。説明足らずだったと思いますので、これからあなたに、陛下のご事情を説明いたします。少々複雑な話になりますが、しばらくの間、耳を傾けてくださいますか？」

「あ、はい……」

いずれは逃げるつもりだが、何がどうなってこんなことになっているのか、知りたい気持ちもある。レイラが聞く姿勢を見せると、キースはイライアスの類《たぐい》まれなる生い立ちについて語り始めた。

遥か昔、ザルーラ王家は獣人の一族だった。

だが、近親婚を防ぐために他家との婚姻を繰り返すにつれ、獣人が生まれなくなった。

それでも、長い歴史の中でごく稀に先祖返りの獣人の性質を持った子供が生まれることがあるらしい。

イライアスは、およそ百年ぶりに生まれた先祖返りの王子だった。そして子供の頃、王室内の陰謀に巻き込まれ、狼の姿で身をくらました。

その逃亡先が、レイラの暮らす〝死霊の森〟だった。

イライアスはレイラと暮らすうちに、彼女にうっかり〝番《つがい》の証〟をつけてしまった。

獣人は、〝番《つがい》の証〟をつけた者としか交われない。つまり、国王であるイライアスの子を産めるのは、この国で唯一レイラだけらしい。

まるで物語の中の出来事のように非現実的な内容だったが、疑問だったすべてが繋がっていく。

「つまりレイラ様には、この先もここに住んで、陛下との夜伽に励んでいただきたいのです」

どうしてこんな事態に陥っているのか、納得はできた。

とはいえ、簡単に受け入れられる話ではない。

「申し訳ありませんが、このお話、私にはお受けすることができません。私を待っている人がいますので」

「ポーラさんですね」

キースが、すべてを分かっているかのような口ぶりで言った。

それから、目を丸くしているレイラを尻目に驚くべき話を持ちかける。

「あなたの身辺については、すでに調査済みです。ポーラさんの病気の治療に関しては、私どもがすべて請け負いましょう」

「すべて請け負うとは？」

「はい。まず、薬代を全面的に工面《くめん》いたします。それだけでなく、この国で名うての医師と、身の回りの世話をする手伝いの者も派遣しましょう。衣食住を支える金銭も援助いたします」

思いがけない申し出に、レイラの心は大きく揺れ動いた。

（新しいお医者様を紹介してくれるの？　悪くない話だわ）

ポーラの病気はよくなるどころか、年々悪化するばかりだ。世話になっている医師は高額な薬代を請求するだけで、有効な治療をしているのか怪しい。

だが新たな医師を探したくとも、田舎では伝手《つて》がないし、お金も工面《くめん》できず、八方ふさがりの状態だったのである。

つまりキースの出した条件は、レイラにとってかなり魅力的だった。

だがレイラは、そこである大きな疑問点に気づいた。

「でも、お世継ぎを産むということは、その――」

私がお妃になるということでしょうか？

そう問いたかったが、あまりにおこがましくて、言葉が続かない。勘のいいキースはレイラの言いたいことを察知して、すぐに答えをくれた。

「ご安心ください。お世継ぎをお産みになるとはいえ、レイラ様が王妃や側妃になられることはございません」

レイラは大きく頷いた。

(そりゃそうよね。私はしがない平民だもの)

長い歴史を持つザルーラ王室は、とりわけ身分を重んじる。

平民が城に上がれただけでも奇跡的なのに、妃になるなど、天地がひっくり返っても考えられないことだ。

(つまり陛下の幼心の戯れで番《つがい》認定された私を、お世継ぎ作りの要員にしたい、ということなのね。本当は王妃か側妃に産ませたいけど、陛下の御体ではそれができないから、苦渋の選択なのだわ)

話の筋がようやくはっきりした。

同時に、子供を産むためだけの器と認識されているようで、胸がチクリと痛む。

とは言うものの、結婚など考えていなかった身である。

娼婦まがいのことをするのは気が引けるが、初めてはもう散らされてしまったし、二度も三度も同じことと思えばなんてことない。

想い人もいないし、この先恋をする予定もないし。

これでポーラを救えるのなら、これ以上ないほどの駆け引き話だった。

思い悩んだ末に、レイラは覚悟を決めることにした。

「承知いたしました、そのお話、お受けいたします。ですからキース様、宿で私を待っている友人のダニエルにも伝えてくれませんか？　わけあって城に残ることになったけど、心配しないでと」


翌日から、レイラの城での生活が始まった。

朝は侍女たちが来て、ドレスを着つけたり、髪を結い上げたりしてくれる。

食事はすべて、部屋に運び込まれた。田舎暮らしのレイラが見たこともないような、上等の肉や新鮮な魚介を使った香ばしい料理の数々には、目を瞠《みは》るばかりである。

レイラの城での生活は、わりと自由だった。

敷地内であれば、どこを出歩いてもいいらしい。

キースがレイラに課したのは、夜は必ず湯浴みをし、清潔な夜着に着替えて部屋でイライアスを待つことのみである。

城に残ることを決意した、翌日の夜。

侍女の介添えのもと湯浴みを終えたレイラは、ラベンダー色の薄い夜着を身につけ、ベッドの上でイライアスを待ち受けていた。

だが、イライアスはいつまで経っても現れない。

そのうちぼうっと座るのに飽きてきて、暇つぶしに、キースに渡された閨事《ねやごと》の指南書に目を通すことにした。

とはいえ、卑猥な行為が丁寧に図解されていて、恥ずかしさのあまりなかなか読み進められない。

（こんなこと、できるわけがないじゃない）

耐えられなくなったレイラは、指南書をしまい、部屋の書架から別の本を物色することにした。

キースがさらりと語ったところによると、どうやらここは三代前の王女が使用していた部屋らしい。

三代前の王女は特殊な病にかかっていて、人目を忍ぶようにして暮らしていたとのこと。そのため、城のもっとも奥まったところにあり、秘密の任務を負ったレイラにあてがうには最適だったのだろう。

（本当に、たくさんの本があるのね）

彼女は、きっと読書好きだったのだろう。もしくは、特殊な病のせいで外に出られず、読書だけが楽しみだったのかもしれない。

これまであまり本には恵まれない生活をしていたせいか、見たことがないほど大量の本を前にすると、心が弾む。

手始めに、一番取り出しやすいところにあった本を開いてみる。

旅人が書いた異国の冒険記だった。

半分ほど読み終えたところで書架に戻し、今度は近くにあった薄紅色の本を手に取ってみた。

ページを捲《めく》るなり、流れるように美しい筆記体が目に飛び込んできた。

今日は、一日ほぼ寝て過ごした。

体調はわりと安定している。

あの人が持ってきたザクロムの花がとても美しい。

早く、自分の手でこの花を摘みに行けるようになりたい。

どうやら本ではなく日記帳だったらしい。この部屋の持ち主だった、三代前の王女が書いたものだろう。

「ザクロムの花って、懐かしいわ」

ザクロムの花は、青い大きな花びらが特徴の、薬草としても用いられている植物だ。万能薬にも少量加えられており、レイラが生まれ育った〝死霊の森〟の丸太小屋の裏にも、たくさん咲いていた。

なじみのある花が出てきて、思いがけず昔を懐かしく思う。

だがレイラは、静かに日記帳を閉じた。

他人の思い出に無遠慮に目を通すのは気が引けたし、ましてや自分のような者が王女の心の内を覗くなどおこがましい。

日記をもとに戻し、また別の本に切り替える。

そのうちウトウトとしてきて、いつの間にか眠っていた。

翌朝、レイラは本を胸の上に置いた状態で目を覚ました。

室内は敷布の乱れひとつなく、昨夜のままだった。イライアスが来た形跡は、まったくない。

（きっと、お忙しいのね）

朝の光の中で、レイラはホッと胸を撫で下ろす。体中を暴かれてまさぐられるあの行為には、当分慣れそうにもなかったからだ。

だとしても、今宵はそういうわけにもいかないだろう。

レイラは覚悟を決めて一日を過ごしたものの、予想に反して、イライアスはその夜も現れなかった。

訪れは、次の日も、その次の日もなかった。

（もういらっしゃらないのかしら？）

役割を果たしていないので焦りはするが、都合がよいといえばよい。

レイラは気にせず、毎日読書に没頭することにした。

だが一週間もすれば、読書にも飽きてきて、暇を持て余すようになる。

そこで、日中は部屋の外に出てみることにした。

「レイラ様、おはようございます。今日はいい天気ですね」

「お城での生活は慣れましたか？　いつでも話し相手になりますから、お声をかけてくださいね」

すれ違う侍従や侍女たちは、皆レイラに親切だった。

城に滞在し、王命でかいがいしく世話をされているくらいだから、特別な身分の令嬢とても思われているのだろう。

キース曰く、イライアスが先祖返りの獣人王であることは、ごく一部の重鎮しか知らないらしい。当然、レイラの秘密の役割も然りだ。

身分の低い田舎娘を、世継ぎを産ませるためだけに城に囲っていると知れたら、大問題だからである。

広大な城の敷地内には、数多の棟が林立していた。兵棟や訓練所、教会や図書館まで、まるでひとつの街のように、ありとあらゆる施設が揃っている。都会的な王都の中心にあるとは思えないほど、自然も豊かだ。

イライアスとレイラの部屋がある本宮は、色とりどりの花々の咲き誇る中庭を、渡り廊下でぐるりと取り囲む造りになっていた。明るい吹き抜け構造で、そこかしこから光が射し込み、開放的な空気に満ちている。

(本当にきれいな場所ね。こんな素敵なところ、今まで見たことがないわ)

渡り廊下から見える中庭には、白亜の噴水や薔薇のアーチ門があり、まるでおとぎ話の世界のようだった。

レイラは夢見心地で、中庭にあるガゼボのベンチに座り、しばらくの間美しい景色を眺める。

噴水の水音に耳を澄ましていると、前方に見知った人影を見つけた。

イライアスだ。

口髭を生やした恰幅のいい中年の男と、真剣な面持ちで話しながら、渡り廊下を横切ろうとしている。背後には、相変わらず無表情のキースもいた。

銀で縁取りされた漆黒のジュストコールにマントという出で立ちの彼は、遠目に見ても、圧倒的な貫禄を放っていた。群を抜いた美しさが、よりいっそう彼の特別感を引き立てている。

彼に会うのは、再会したあの日、訳も分からず純潔を奪われて以来である。

思い出したくなくともあの日のことが鮮明に脳裏によみがえり、なんてはしたない姿を見せてしまったのかしらと、レイラは今さらながら動揺した。

彼の方でもレイラに気づいたようで、チラリと視線を向けられる。

だがイライアスはすぐにレイラから目を逸らすと、今にも人を刺しそうな渋顔になった。

（あれ？　無視？）

そういえば、一週間も放っておかれているのだ。もしかして嫌われてる？　とレイラが奇妙な焦りを覚えたとき、彼の隣にいた中年の男がこちらに視線を向けた。

「これはこれは」

中年の男は、うさんくさい笑みを浮かべながら渡り廊下を外れると、こちらに向かって中庭を突き進んでくる。そして、ガゼボにいるレイラの前で足を止めた。

イライアスが、しぶしぶといった風に、彼のあとを追いかけてくる。

「あなたが、噂のレイラ嬢ですね。初めてお目にかかりましたな。私は文官長をしております、ドミニク・ラーク・バッセルと申します」

恰幅のいい体を折り曲げ、丁寧にお辞儀をする中年の男。

レイラは慌てて立ち上がると、バッセル侯爵に向かっておずおずと頭を下げ返した。

「あ、あの……私はレイラと申します」

こういったかしこまった挨拶には慣れていないので、ぎくしゃくしてしまう。

国王であるイライアスと並んで歩いているということは、かなりの重鎮なのだろう。

この人はいったいどこまで自分のことを知っているのだろうと、勘繰るようにキースに視線を投げかけた。

「文官長であられるバッセル侯爵は、この国の内情を熟知しておられます。もちろん、陛下のことに関しても然りです」

勘のいいキースは、すぐに返事をくれた。

それはつまり、レイラの秘密の役割を、バッセル侯爵が知っているという意味だろう。含んだかのように、バッセル侯爵がニヤリと嫌な笑い方をした。

どう振る舞ったらいいのか分からず、レイラはとりあえずもう一度ペコリと頭を下げる。

「その、よ、よろしくお願いいたします……」

「ハハハ。固くなっておられるのですか？　田舎の出身でいらっしゃるのでしょう？　このような慣れないところでは、それも致し方ないことです」

髪色と同じ栗色の口髭を弄びながら、うさんくさく微笑み続けるバッセル侯爵。

「普通のご令嬢なら堂々とされておられるところですが、そのような不慣れな態度も新鮮でいいものですな。野山の風に吹かれた気分ですよ」

（……これって、友好的と見せかけて、ど平民の田舎娘が調子に乗るなって嫌味を言われてる？）

ふとそんな雰囲気を感じ取り、レイラはキースに視線で助けを求めた。

だが相変わらずの無表情で、素知らぬ顔をされてしまう。

イライアスはというと、先ほどからずっと、渋顔のまま押し黙っている。彼とて、レイラを助けるつもりは毛頭ないようだ。

「こんなところで道草を食っている場合ではない。ドミニク、もう行くぞ」

しまいにはそう言い放ち、ひらりとマントを翻《ひるがえ》して、先に立ち去ってしまった。

「おや、もう行かれるのですか？　では失礼」

勝ち誇ったような顔でレイラに一礼すると、バッセル侯爵もイライアスのあとに従う。

ガゼボにひとり取り残されたレイラは、呆然としたまま、渡り廊下の向こうへと遠ざかる三人の後ろ姿を見送った。

冷たいイライアスの態度が胸に引っかかって、なんだかそわそわする。

閨《ねや》のときの甘い雰囲気の彼とは、まるで別人のようだった。

（やっぱり、嫌われてしまったのね）

嫌われた原因がよく分からないが、考えられるとしたら、きっと閨事《ねやごと》の際に何か失敗をしたのだ。だが思い出すだけでも恥ずかしいので、それ以上は考えないことにした。

とにかくイライアスがレイラを避けている限り、彼の子を身ごもるなど到底無理だろう。

（あとでキース様に相談してみましょう。このまま私がここにいても、これじゃ意味ないもの）

ポーラの援助が断ち切られるという問題があるが、考えてみれば、今までの生活に戻るだけのことである。

今ならまだ、それほど時間が経っていない。もとのつつましやかな暮らしにも、あっという間に溶け込めるだろう。ポーラの薬代と医師問題については、別の方法を考えればいい。

レイラはさっそく、その日の夕方、侍女に頼んでキースを部屋まで呼んでもらった。

イライアスの冷たい態度について語り、リネイラに帰りたいと告げる。

だが。

「ダメです」

開口一番、ピシャリと断られた。

堅物そうなこの男なら、そう言うような予感がしていた。

万が一のことがあるかもと期待したが、やはりダメだったらしい。

「でも、陛下に嫌われているのに、私がここにいる意味はありますか？」

「あります。第一に、陛下がそれを望んでおられます」

「あの日以来、まったく会いに来ようとなさらないのにですか？　昼間も、目すら合わせてくださいませんでしたし」

「それは――」

キースは何かを言いかけたが、すぐに口を閉ざした。

無表情な彼にしては珍しく、眉を寄せ、思案顔になる。

「――とにかく、あなたとの交渉はもう成立しているのです。今さら覆すわけにはいきません」

結局キースに押し切られ、レイラはそのまま城に滞在する羽目になってしまった。


それ以降、レイラの暇を持て余す日々は、より深刻化していった。

毎朝何もしなくともドレスを着せられ、何もしなくとも食事が出てくる。湯浴みですら侍女の介添え付きだ。

とにかく暇で仕方がないレイラは、本を読むか、城の敷地内を散策するかして、長い一日を過ごした。

レイラは生まれてからずっと、ほぼ自給自足の忙しい日々を送ってきた。

ここ数年もポーラの看病や家事、子守りの仕事で休む暇がなく、寝る間を惜しんで万能薬作りに励むような生活をしていた。空き時間などなかったに等しく、自由時間の使い方が分からない。

（暇がこんなにも苦痛だとは思わなかったわ）

忙しかった頃は、たまには一日休みたいと思ったこともある。

だが実際そうなってみると、一日中あくせくと働いていた方が、よほど性分に合っているると気づかされた。

暇を持て余す日々に耐えきれなくなり、侍女として働かせてもらえないかとキースに相談したこともあるが、『ダメです』と一刀両断されるに終わった。

うんざりするほど融通のきかない男である。

（それにしてもキースってば、なんであんなに無表情なのかしら？　ていうか私、ここにいる意味って本当にある？　陛下は私にもう飽きてるのに、あの無表情の堅物男が勝手にいろと言っているせいで、こんなつらい目に遭ってるのよ）

その日もレイラは、心の中でキースに怒りをぶつけながら、敷地内をさまよっていた。

といってもあらかた散策したため、行く場所はもうほとんど残されていない。

仕方なく、唯一足を踏み入れていなかった、厩舎の裏手に行ってみる。鬱蒼《うっそう》とした林が生い茂るそこは、敷地内でも群を抜いて人気がなく、栄華を極めている王城の中とは思えないほど閑散としていた。

林を奥へと進むうちに、あたり一帯が柵で細かく区切られた、奇妙な場所に行き着く。

中には植物が植わっているようだ。

その中に、レイラは見知った花を見つけた。

薄闇の中で輝く紫のその小花は、万能薬の主原料となる、エポックの花だった。

(エポックの花が、どうしてこんなところに咲いているの?)

エポックの花は、適度な湿りけのある土壌と、特異な日照条件が揃わないと咲かない。そのため、自生できる場所が限られている。

田舎ですらなかなか見つからないのに、それが王城内に咲いているなど、考えたこともなかった。

よく見ると、ほかの柵の中にも、万能薬の材料となる草や花が生えていた。どうやら、人工的に薬草を栽培している場所のようだ。

さらに先に進むと、木々が途切れ、燦々《さんさん》と日の降り注ぐ広場に出た。中心に、鳥かごのような形の立派な温室がある。

ガラス越しに中を覗くと、ここでも、万能薬の原料となる薬草を見つけた。

感動のあまり、レイラの心は一気に弾む。

(この林は、薬園になっているのね。さすがザルーラ城だわ。あちこち採取して回らなくても、ここにある薬草だけで万能薬が作れるじゃない。暇だし、少しもらって作ろうかしら)

思わぬ暇つぶしを見つけ、わくわくしながら温室の入口を探していたそのとき。

「カール！　早く来て！」

近くから、子供の叫び声がした。

温室に忍び込んで薬草をもらおうとしていたレイラは、とっさに茂みに身を隠す。興奮のあまり気づかなかったが、温室の後ろあたりに、十歳くらいの少年がうずくまっている。

金色のサラサラの髪に、琥珀色の瞳の整った顔立ち。フリルのあしらわれた上質そうな白のシャツに、ビロード地の藍色のベストを羽織っている。

おそらく、どこぞの上位階級の子息だろう。

「カール、どこにいるんだよ!?」

少年は金切り声を上げながら、しきりに手の甲を掻きむしっている。

(虫にでも刺されたのかしら？)

心配になっていると、平たい帽子をかぶった少年が駆けてきた。

羽根を象ったブローチが光る帽子からは、柔らかそうな栗色の髪が覗いている。

齢は、十二、三歳といったところだろうか。泣き叫んでいる少年より、やや年上のようだ。

「クリストファー様、どうかされましたか？」

「カール、遅いじゃないか！　走っていたら、ここが急に痒くなってきたんだ、どうしたらいい？」

「掻いてはいけません、血が出ているじゃないですか。それに、ひどく腫れている」

クリストファーという名に、レイラはハッとなった。

彼は、イライアスの父である前国王が、前正妃と離縁したのちに迎えた二番目の正妃の産んだ王子である。二番目の正妃は朗らかな気質で、国王亡きあと、年齢的な理由から側妃の子であるイライアスが王位を継いでも、快く受け入れたという。

すべては城内を散策した際、お喋り好きの侍女たちから得た情報だった。

クリストファーの手の甲は、遠目から見てもはっきり分かるほど、大きく腫れていた。

独特の腫れ方に、レイラは見覚えがある。

（あれは、トピ花の毒にやられたのね。私も昔ひどい目にあったっけ）

トピ花は、思わず触れたくなるようなきれいな丸い形が特徴の花である。そのうえ鮮やかな赤色で、薄暗い森に咲いていると、まるで太陽が浮かんでいるように見えたものだ。

レイラも小さい頃に何度か触れてしまい、腫れと痒みに悩まされてきた。幸いにも万能薬で改善したので、ことなきを得たが。

「虫刺されかな？　とにかく痒くて仕方がないんだ、なんとかしてくれよ」

今にも泣きそうになっているクリストファー。

そのとき、温室の中から、眼鏡をかけた赤毛の女性が姿を現した。

齢は、ちょうどレイラと同じ頃だろう。生成《きな》り色のワンピースにエプロンをつけていて、手袋をしている。手にした籠の中には、採取したばかりの薬草がぎっしり詰まっていた。

「クリストファー様、どうかされましたか？　私は、薬師のメアリーと申します」

丁寧にお辞儀をしながら、メアリーが言った。

とたんに、クリストファーの表情がパッと明るくなる。

「薬師ということは、薬が作れるのか？」

「もちろんでございます」

「それならちょうどいい。虫に刺されたみたいで痒くてしょうがないんだ。今すぐに効く薬を用意してくれないか？」

クリストファーが、ぷっくりと腫れた手の甲を、メアリーに向けて差し出した。

メアリーは眼鏡の奥の目を見開いて、そこをまじまじと見つめる。

「ずいぶん腫れていますね。ここまでひどい虫刺されは、初めて見ました。どのような虫に刺されたのですか？」

「どんな虫かは知らない。なんでもいいから治してくれ」

「なるほど、そうですね……。うーん、でしたら、虫刺され用の薬を塗ってみましょうか」

メアリーが眉根を寄せ、困り顔になった。前例がなく、正しい薬の処方が分からないのだろう。

それもそのはず、トピ花は、野山にひっそりと生えている花だ。花びらに毒性があり、激しい痒みと腫れを引き起こす。田舎出身でない限り、存在を知る由もないはずだ。

すると、黙って事の成り行きを見守っていたカールが、満を持したように口を挟んできた。

「失礼ながら、クリストファー様。それはおそらく虫刺されではなく、トピ花の毒でかぶれているのだと思います。トピ花はこのあたりには咲いていない花ですが、クリストファー様は先日、狩りを見学しに行かれましたよね？　そのときに、赤くて丸い大きな花に触れませんでしたか？」

驚くことに、カールは、トピ花を知っていたようだ。

年端もいかない少年の知識量の多さに、レイラは感心する。

「そういえば、そんな気がする。太陽みたいにきれいな花があったから、触らずにはいられなかったんだ」

「トピ花？　聞いたことのない花ですね……」

メアリーが、ますます首を捻った。

この様子だと、トピ花に効く薬の調合法が分からないようだ。

「薬師、今すぐに薬が作れるか？　トピ花のかぶれを治す薬を作ってほしい」

だがクリストファーは期待のまなざしを浮かべていて、メアリーはすっかり困り果てていた。

傍観に耐えられなくなったレイラは、身を隠すのをやめて、茂みからガサッと立ち上がる。

「突然すみません。私、その腫れを治す薬が作れます」

唐突に現れたレイラに、クリストファー、カール、メアリーの三人が、驚きの目を向けた。

「お前は誰だ？」

最初に問いかけてきたのは、好奇心旺盛な少年王子だった。

「レイラと申します」

レイラが頭を下げると、クリストファーが、上から下までレイラをまじまじと眺める。

隣で、カールが合点がいったように声を上げた。

「ああ、なるほど。少し前から城にご滞在になられている、伯爵家のご令嬢ですね」

知らなかったが、どうやらそういうことになっているらしい。

レイラの本当の立場が公にならないよう、キースが手回ししたのだろう。

「本当に、お前はこの死ぬほど痒い腫れを治す薬が作れるのか？」

「はい。田舎育ちなもので、トピ花の毒には何度も悩まされてきました。幸いこの薬園には必要な薬草が揃っていますので、すぐに薬を調合できると思います」

レイラはクリストファーに向かって、にっこりと微笑んだ。


レイラはまず、メアリーの許可を得て、薬園で万能薬の原料となる薬草を摘んだ。それから、温室のさらに向こうにある、煉瓦造りの薬舎《くすしゃ》に案内してもらう。中では、薬師たちがあくせくと作業をしている最中だった。

調合台のひとつを借りて、レイラもさっそく万能薬作りに取りかかる。

エポックの花に、レイレーン草、グチルの実。

万能薬作りには、全部で二十五種類の薬草が必要だ。

まずはエポックの花をすり鉢ですりつぶし、蒸留水を加えて湯せんで適温まで加熱する。抽出したエキスに、処理を施したさまざまな薬草を少しずつ加えて――

（それにしても、なんて使いやすい器具なのかしら。うちの器具はひいおじいさんの代からあったものだから、相当古かったのね）

調合器具の進化のおかげで、万能薬はいつもより短時間で完成した。

腫れている箇所を氷で冷やし、自室で待機しているクリストファーのもとに、さっそく届けてもらう。数時間後には嘘のように腫れと痒みが引いたらしく、カールがレイラにお礼を言いに来た。

「クリストファー様はすっかりご機嫌です。本当にありがとうございました」

「よくなられてよかったです。念のため、しばらくの間は毎日薬を塗り続けてください。あまり強く塗ると、皮膚によくないので、優しく塗り込んでくださいね」

「分かりました。これから毎日、僕がクリストファー様の手に塗って差し上げることにします。足りなくなったら、また調合をお願いしてもいいですか？」

「ええ、もちろんです」

レイラは、にっこりと微笑んだ。カールは、本当にしっかりした少年だ。

それゆえ、やや我儘なところがある王子の世話を任されているのだろう。

（人の役に立てるって、なんて楽しいのかしら）

退屈な日々に飽き飽きしていたレイラは、今回のことですっかり味をしめた。

そして翌日も、自分の居場所を求めるように、薬舎に向かう。

「あら、レイラ様！」

するとと、薬園で薬草を摘んでいたメアリーとばったり出くわした。

「メアリー様、こんにちは」

「聞きましたよ、昨日の薬、あっという間に効いたそうじゃないですか。レイラ様は何者なのかしらって、薬師たちの間で話題になっていたところなんです。伯爵令嬢でありながら、薬師の資格をお持ちなのですか？」

「いいえ、作れるのはあの薬だけなのです」

褒められたことに恥じらいつつ、レイラはメアリーにことのあらましを話した。

身分についてはうまく伏せて、曽祖父が薬師だったことと、代々万能薬の調合法を受け継いできたことを伝える。

「万能薬！　そのような薬があるのですね。とても興味深いです。よかったら私に作り方を教えてはくれませんか？」

「ええ、いいですよ」

メアリーに興味を示され、嬉しくなったレイラは即答した。

その日からレイラは、足しげく薬舎に通うようになった。

メアリーをはじめとした薬師たちは皆いい人ばかりで、万能薬の調合法に興味を持ち、作り方に真剣に耳を傾けてくれた。

年の近いメアリーとはすぐに親しくなって、レイラは薬学の基本を教わるようになる。同じ年ごろの同性の友達ができたのは初めてで、新鮮な気持ちになった。

とはいえ、敬語で話されるのは、どうも居心地が悪い。

伯爵令嬢ということでまかり通っているが、実際はでたらめだからだ。

お願いだからやめてほしいとメアリーに懇願すると、メアリーははじめこそ戸惑いを見せたものの、ふたりだけのときは敬語をやめてくれるようになった。

メアリーとの距離がより近づいたようで、レイラは嬉しくなる。

あるとき、メアリーから万能薬の調合法が書かれた文書が見たいと言われ、レイラは薬舎に文書を持参した。

代々伝わる文書は箱に入れて、大事に保管されている。

蓋を開けると、経年劣化のせいで黄ばんだ紙が入っていた。細かな文字が書かれているが、レイラの知らない言語が使われており、まったく解読できない。

分かっているのは、そこには万能薬の調合法が記載されているということだけである。

文書はあっても万能薬の調合法は代々口頭で伝わっており、改めて見直す者もなかったようだ。レイラにしろ、目にするのは子供の頃祖父に見せられたとき以来だった。

「まあ、ずいぶん古いものなのね」

「私のひいおじいさんが書いたものらしいの。でも、さっぱり読めないでしょ？　何語で書いてあるのかしら？」

　するとメアリーが、眼鏡を人差し指でクイッと上げ、まじまじと文書を観察した。

「これは、薬示記号《やくじ》だわ」

「薬示記号《やくじ》？」

「薬師が用いる記号よ。もとは戦争中、猛毒の調合法を敵国に抜き取られないよう、暗号として使っていたものらしいわ。今でも大っぴらには知られたくない薬の調合法を書きとめるときに使用しているの」

「そんなものがあるのね。どうりで読めないわけだわ」

　長年の疑問が晴れ、レイラは感嘆の声を上げた。

「ええと、まず……は、湯、を沸かし……。ええと、これは漏斗《ろうと》かしら？　ずいぶん古い時代の薬示記号《やくじ》も使われているから、すぐには読めないわ。まるでわざとそうしているみたいに、複雑に書かれているわね」

　勉強熱心なメアリーはそれでもどうにか解読しようと頑張っていたが、手に負えなかったらしい。

「ねえ、レイラ。少しだけこの文書を借りていい？　完璧に解読したいの」

「いいわよ。私も何が書いてあるのか知りたいもの。ぜひお願いするわ」


レイラの日常の変化は、もうひとつあった。

万能薬でトピ花の腫れを治癒して以降、クリストファーにすっかり懐かれたのである。

クリストファーは一日の勉強を終えると、必ずレイラのいる薬舎まで遊びに来るようになった。その日も、薬舎から本宮へと戻る途中、温室の前でクリストファーがレイラを待ち伏せしていた。

「聞いてくれよ、レイラ。今日も書き取りの授業が延長して、来るのが遅れてしまったんだ」

「それは、お疲れ様でございます」

レイラはクリストファーと同じ目線の高さになるようにしゃがみ込むと、そのサラサラの金の髪をよしよしと撫でた。

クリストファーは大きな琥珀色の瞳で、照れたようにレイラを見ている。

その姿はどことなく、かつてのアンバーを彷彿とさせた。

（考えてみれば、母違いとはいえ、クリストファー様は陛下の弟なのよね。どうりでア

ンバーに似ているはずだわ）

「ねえ、レイラ。早く昨日の話の続きを教えて！」

「かしこまりました。どこまで話しましたっけ？」

クリストファーは、彼の知らない田舎の話を、しきりに聞きたがった。先日狩りの見学に行ったとき、初めて大自然を見て、興味を持ったらしい。生まれてこの方、都会的な王都からほとんど出たことがなかったらしいから、衝撃だったのだろう。

「森で狼を拾ったところだよ」

「そうでしたね。では、こちらに腰かけてください」

レイラは切り株にハンカチを敷くと、クリストファーをそこに座らせた。

自らも、向かいの岩に腰かける。

「その狼は、琥珀色の瞳をしていました。だから私は、その狼にアンバーと名づけたんです」

「本物の狼はどんなだった？　僕はまだ見たことがないんだ。このお城には狼の壁画がいっぱいあるから、見たいとはずっと思っているんだけど」

「そうですね。きれいで、かっこよくて、優しかったです」

「優しい？　狼は凶暴だと本に書いてあったぞ」

「私が拾った狼はまだ子供だったからかもしれませんが、とても優しかったですよ」

例えばそう、薬を売る際、変な客に難癖をつけられて落ち込んだときは、一日中頬を舐めて慰めてくれた。

悪天候が続き、王都まで買い出しに行けずに食糧不足に陥ったときは、大好物の燻製ベーコンに見向きもしなくなった。レイラもお腹を空かせていることに気づいて、わざといらないフリをしたのだろう。

（そう、とても優しかったのよ……）

アンバーとの大事な過去を思い出すほど、レイラは切なくなる。大人になり、レイラの前に再び現れたアンバーは、あの頃の面影をすっかり失っていた。

愛くるしさも、そして優しさも。

あの夜に見た、欲情した男のまなざしが頭をよぎるたびに、レイラはやりきれなくなる。そして、レイラの存在などすっかり忘れてしまったかのような今の彼の態度も、彼女を複雑な気持ちにさせた。

「レイラ、どうかしたか？　元気がないぞ」

クリストファーの声で、レイラはハッと我に返った。

どうやら、話の途中で物思いにふけってしまったらしい。

「クリストファー様、申し訳ございません。ええと、どこまで話しましたっけ？」

「もういい。お前、疲れてるのか？」

心配そうに、レイラの顔を覗き込んでくる少年王子。

彼の優しさが身にしみて、胸がきゅんとなったレイラは、心配をかけまいとふんわり微笑んだ。

「いいえ。少しぼうっとしただけで、疲れているわけではありません」

「僕の目を侮るな、無理しているだろう？　そうだ。レイラが元気になれるよう、とっておきのものを見せてやる」

ひらめいたような顔をすると、クリストファーはぴょんっと切り株から立ち上がり、レイラの手を取った。そしてそのままぐいぐい引っ張って、どこかに連れていこうとする。

強引な彼の行動に、レイラは戸惑いながらも従った。

「あの、クリストファー様。いったいどこに行かれるのですか？」

「闘技場だ」

兵舎に隣接している闘技場は、石造りの円形で、普段は兵士たちの訓練場になっている。有事の際は、式場として使われることもあるらしい。

常に猛々しい男の熱気が充満していて、近寄りがたく、レイラはまだ中まで足を踏み入れたことがなかった。

「なぜ、そのようなところに……」

「いいから、いいから！」

困惑するレイラに構わず、クリストファーは嬉々とした足取りで、敷地内を突き進んでいった。

やがて、声援と熱気に包まれた闘技場にたどり着く。

舞台では、鉄兜と甲冑を身につけたふたりの男が、剣を交えている最中だった。

舞台をぐるりと取り囲む観覧席は、ザルーラ王国の兵士たちで埋め尽くされている。拳を振り上げたり、大声で叫んだり、かなりの勢いで盛り上がっていた。

「今日は、年に一度の城内試合なんだ。ザルーラ王国の兵士同士で、一番を決めるんだよ。すごくかっこいいものが見れるから、きっと元気になれるぞ」

空いていた最後尾の席に、クリストファーがタタタと駆けていく。それからぴょんっと座ると、まるでこれから楽しいショーでも始まるような、わくわくした顔つきになった。

仕方なく、レイラも彼の隣に座ることにした。

少年王子の突然の来場に、観覧席にいた兵士たちがざわつき、次々に立ち上がって頭を下げている。

「ちょうどいいところに来た。次が兄上の出番みたいだぞ」

クリストファーが、パッと表情を輝かせた。

(兄上って、まさか……)

予想どおり、舞台を去ったばかりの闘技者たちに続いて現れたのは、国王イライアスその人だった。

漆黒の兵服に銀色の胸当てをしていて、彼の体躯《たいく》によく似た、スラリと長い剣を手にしている。夕暮れの光に照らされ、銀色の髪が神秘的な輝きを放っていた。

あたりから、割れんばかりの歓声が沸き起こる。

ここにいるすべての人が、イライアスの登場を待ちわびていたのだろう。

「兄上は、十四歳の頃から、この試合で毎回優勝しているんだ。自分より何倍も大きい相手でも、あっという間にやっつけてしまうんだよ。すごくかっこいいから、しっかり見ておけよ！」

レイラがイライアスを見るのは、中庭のガゼボで出くわして以来である。

あれ以来、城内をどんなにうろついても、彼に会うことはなかった。

こうして改めて大衆の中にいる彼を見ると、特別な存在だということがよく分かった。

無駄なく鍛えられた体躯《たいく》にも、整いすぎて冷たささを感じるほどの顔立ちにも、この国をつかさどる者としての威厳があふれている。

昔はあんなに愛くるしい見た目をしていたとは考えられないほど、男らしくて勇ましい。

イライアスが、手にした鉄兜を頭に装着した。

甲高いファンファーレが場内に鳴り響き、試合の開始を告げる。

「これが最終試合みたいだ。予想どおり、相手は兵士長か。なかなかの凄腕だけど、兄上の前では思いどおりにいかないだろうな！」

クリストファーが、瞳に期待をみなぎらせて、身を乗り出した。

見たところ、イライアスよりも兵士長の方が、がっちりとした体型をしている。背は頭ひとつ分高く、腕の筋肉も隆々としていた。

見た目だけではイライアスの方が不利に思われたが、クリストファーの言ったとおりの展開が待ち受けていた。

序盤から体格差を物ともしない剣技で、イライアスが兵士長を追い詰めていく。

兵士長も、負けるものかと必死に抗っていた。

乱れ打ち、剣で受け止め、隙を狙ってまた打ち返す。

両者とも一歩も譲らない白熱した試合が繰り広げられていく。

簡易的なものとはいえ装備品を身につけているとは思えないほどの素早さで、レイラは目で追うのに必死だった。

気づけばレイラは、まるで吸い寄せられるように、イライアスだけを見ていた。

あたりの喧騒が遠のき、無音の世界に、彼の姿だけが映る。

鉄兜から覗く鋭い琥珀色の瞳は、獲物を捕食する前の肉食獣そのもので、静かだが底知れない闘志に満ちていた。そのうえ、動きのひとつひとつが華麗で美しい。

俊敏で、一寸の無駄もなく、噂どおり狼そのものである。

戦場で闘う彼を見た者が、誰彼ともなく狼神と呼ぶようになったのも頷けた。

次第に、兵士長の動きが鈍くなってくる。遠目に見ても分かるほど、逞しい肩を大きく上下させていた。

長丁場のため、体力が限界を迎えつつあるのだろう。

一方のイライアスは、どんなに時間が経とうと、まるで試合が始まったばかりのような身軽な動きを見せていた。

そして兵士長がわずかによろめいた隙に、ついに彼の首に剣を突きつけた。

勝負がつき、割れんばかりの歓声が闘技場一帯に響き渡る。

イライアスは剣を鞘に収めると、鉄兜を脱ぎ、長試合を制した勝者とは思えない涼しい顔を露わにした。

「見たかレイラ！　かっこいいだろ！　兄上はかっこいいだろ！」

大興奮のクリストファーが、大きな瞳を爛々と輝かせ、レイラの腕を揺さぶってくる。

「ええ、そうですね」

「兄上ほど尊い国王は、この先この大陸に現れることはないだろうよ。国王なのに、戦のときは先陣を切って馬で走って、誰よりもたくさん敵を倒すんだ！　すごくないか!?　めちゃくちゃかっこよくないか!?」

真っ赤な顔でそう捲《まく》し立てるクリストファーは、どうやら年の離れた兄の大ファンらしい。

その様子が愛らしくて、レイラは思わず口元をほころばせた。

「ああ、僕もあんな風になりたいな」

「クリストファー様も、きっと素敵な男性になられますよ」

興奮している彼をなだめるように、金色の頭をなでなでしてやる。

「本当か!?　なれるか!?」

「ええ。クリストファー様は、陛下の弟君ですもの。それに、好奇心旺盛で、とってもお優しいですから。絶対になれます」

「そうか。レイラが言うなら信じるよ。よし、明日から勉強頑張るぞ！」

「ええ、ええ。その意気です」

無邪気なクリストファーがかわいくて、レイラは抱きしめたくなる衝動をぐっとこらえながら、頭を撫で続けた。

そのときふと、舞台の方から視線を感じた。

視線の主はイライアスだった。いまだ退場せず、舞台の真ん中に立ち尽くしたまま、なぜか射るようにこちらを睨んでいる。

試合中以上の鋭い目つきに、レイラの背筋がゾクッと震えた。

呼んでもいないのにレイラがここにいることを、不快に思っているのだろう。

(こんなに大勢の人がいる中で気づかれるなんて、やっぱり相当嫌われているのね)

恐怖から、心臓がドクドクと鼓動を速めた。

これ以上ここにいても、彼をますます怒らせるだけだろう。

「クリストファー様、そろそろ行きましょう」

レイラは慌ててクリストファーをうながすと、早急に闘技場から立ち去ることにした。

その夜、レイラは闘技場で見たイライアスの顔が忘れられず、なかなか寝つけなかった。

あんなにも嫌悪感あふれる顔を向けられながら、彼と夜伽をするためにこの城にい続けるなど、やはりおかしい。

だが解放してほしいと改めて相談しても、あの堅物のキースが、首を縦に振るとは思えなかった。

「ハア、どうしたらいいのかしら」

ため息をつきながら、翌日も薬舎に向かう。

早朝だというのに、薬師たちはすでに仕事に励んでいた。

釜からはもくもくと湯気が上がり、調合途中の薬草の香りが充満している。

レイラはすぐに、隅の調合台にいるメアリーを見つけた。

瓶に入れた液体を慎重にかき混ぜている彼女に近づき、邪魔にならないようそっと声をかける。

「おはよう、メアリー。今日も朝から仕事熱心ね」

「あら、レイラ。おはよう」

メアリーはレイラに笑みを見せると、すぐに攪拌《かくはん》作業に戻った。顔つきが、今までにないほど真剣である。今日はいつも以上に業務に没頭しているようだ。

何か特別な薬でも作っているのかしらと、レイラは気になった。

「なんの薬を作っているの？」

「陛下のための新しい薬よ。以前の薬の効き目が薄れてきたから、より強力な薬を作るよう、今朝お達しがあったの」

「陛下のための薬？」

イライアスは、若くて健康そのものである。

とてもではないが病に侵されているとは思えず、レイラは首を傾げた。

獣人の特性を持っているため、番《つがい》認定したレイラとしか子供を作れないという生殖問題を抱えてはいるが、病気というわけではない。

「昨日、城内試合でお見かけしたけど、とてもご病気には見えなかったわ」

様子をうかがうように、それとなく聞いてみる。

するとメアリーが、緩やかにかぶりを振った。

「厳密にはご病気ではないのよ」

それからあたりに目を配り、こそっとレイラに耳打ちしてくる。

「陛下には、少し前から〝性欲を抑える薬〟を作るように言われているの。今回はさらに強度を増したものをね。極秘事項だから、絶対に人には話してはダメよ」

「え、それって、どういう……」

「意味が分からないでしょ？　世継ぎがたくさんいればいるほど国は安泰なわけだから、陛下の性欲を抑える必要なんてまったくないと思うのよね。まだご結婚前だから、問題があるのかしら？」

「たしかにそうね……」

メアリーのいぶかしげな声に、レイラは曖昧に答えた。

たしかに、あの夜のイライアスの性欲はすごかった。

草食獣をむさぼる肉食獣のようで、取って食われるのではないかと、レイラが本気で身の危険を感じたほどに。

だが最近のイライアスが、レイラに対して性欲を抱いているとは到底思えなかった。

ということは、別の女性に興奮して手がつけられず、薬で制御しているということだろうか？

イライアスは番《つがい》認定したレイラ以外とは子を生せないと言っていたが、実際は違うのかもしれない。とはいえ、もしもそうだとしたら、メアリーが言っていたように世継ぎ問題が解決してなんの問題もないのでは？

（さっぱり分からないわ）

それからもずっと、レイラは悶々とそのことばかり考えていた。

どうにも落ち着かず、その日は昼前に薬舎を去ることにする。

「どうして、薬を使ってまで欲求を抑える必要があるのかしら……？」

薬園を通り過ぎ、悩みながら林の中に入ったそのとき。

「あなたのためですよ」

唐突に、真横から声がした。

「きゃっ！」

レイラは悲鳴を上げ、飛ぶように一歩退いた。いつからいたのか、すぐそこにキースが立っていた。相変わらず、気配も表情も乏しい男である。

「き、キース様？」

「陛下はあなたのために、薬師に性欲を抑える薬を作らせ、服用されているのです」

どうやら彼には、レイラの考えていたことが筒抜けらしい。

メアリーとの会話を聞かれていたのかと不気味に思ったが、今はそんなことよりも、彼の言葉が胸に引っかかる。

「私のために薬を？　どういうことですか？」

「レイラ様は以前、陛下に嫌われているのかもしれないと、私におっしゃいましたね」

「ええ、急に冷たくなられたので」

「とんでもないことです。陛下はあなたを無理やりのような形で抱いてしまわれたことを後悔しており、あの日以来あなたを避けるようになってしまわれたのです。ですがあなたが同じ城にいると分かっているだけで、あなたを襲いたくなる衝動に襲われ、悩まれていました。そこで、薬師に性欲を抑える薬を作るよう命じたのです」

寝耳に水の話に、レイラは目を丸くした。

「それって、つまり、私は嫌われたわけではないということですか……？」

「当たり前です。陛下が、あなたとの再会をどれほど待ちわびていたと思っているのですか。ようやく会えたあなたに嫌な思いをさせたくないからと、無理やり自分の欲求を抑えているのです」

感情の起伏の乏しい彼にしては珍しく、怒ったような口調で話すキース。

もしかすると、ここ最近、このことでかなり気を揉んでいたのかもしれない。

レイラは、イライアスに対する彼の忠誠心を、改めてうかがい知ることとなった。

そして、イライアスが急に冷たくなった真相を知って、言葉を失う。

驚きと、イライアスに対する申し訳なさが胸に込み上げた。

（嫌われたんじゃなくて、私を守るために、わざと避けていたなんて）

彼の想いの深さを知って、心が激しく揺れ動いている。

「余計なことを言うなと陛下には口止めされていますが、もう限界です。あのような怪しい薬を飲み続けられては、健康に害が出るかもしれません」

キースが苦渋の表情を見せた。

たしかに、薬には少なからずとも副作用があるものだと、メアリーが言っていた。

自分のせいでこの国の若き王が健康を害するなど、考えただけで忍びない。

「そんな、私のせいで――」

彼は、瀕死状態だったこの国を救った英雄だ。

そんな偉大な人が、自分のような田舎娘のために己を犠牲にするなど、あってはならないことである。

「陛下が部屋に来られないなら、あなたから会いに行かれたらよいのではないでしょうか？」

言葉を失っていると、キースが言った。

物静かだが力強い視線がレイラを射抜く。

「陛下のお部屋は、本宮の三階の奥です。夜は必ず部屋にいらっしゃいますので」

そう言い残すと、キースはレイラの返事を待つことなく、林の向こうに消えていった。

その夜。

城全体がひっそりと静まり返った頃、オフホワイトのエンパイヤドレス姿で、レイラはイライアスの部屋に向かった。

およそ個人の居室とは思えないほど大きな扉の前に立つ。

取っ手に彫り込まれた狼の彫刻を見ているだけで、ドキドキと緊張が高まった。

自らイライアスの部屋に赴く意味は、当然分かっている。

性欲を抑える薬をこれ以上服用しないよう忠告するのなら、代わりに番《つがい》の証をつけられたこの体を差し出さないといけない。

あの行為を思い出すと、今すぐにでも逃げ出したいくらい恥ずかしい。

だが。

『陛下が、あなたとの再会をどれほど待ちわびていたと思っているのですか。ようやく会えたあなたに嫌な思いをさせたくないからと、無理やり自分の欲求を抑えているのです』

キースの言葉を思い出すたびに胸が締めつけられ、結果、ここに来ざるをえなかった。

あの丸太小屋で最後に見た、仔狼の寂しげな目を思い出す。

エドモンとポーラのもとでレイラが療養し、ようやく〝死霊の森〟に帰るまで、およそ二ヶ月かかった。

その間、やはりアンバーは、相当寂しい思いをしていたようだ。

（あのときの罪滅ぼしができるなら、体を捧げるくらい、どうってことないじゃない）

レイラは覚悟を決め、扉をノックした。だが、中から返事はない。

もう一度ノックすると、やや間があって、「なんの用だ、キース」という不機嫌そうな声がした。

こんな時間に彼を訪ねてくるような人物は、キース以外いないのだろう。

「レイラです。お話がしたくてまいりました」

すると、とたんに扉の向こうが静かになる。

しばらく間を置いてから、今度はドタバタと騒々しい物音がした。

そろりと扉が開く。

わずかな隙間から、イライアスが顔を覗かせた。

白いシャツに紺色のトラウザーズという、見慣れない軽装である。きっと、自室でひとりで過ごすときはいつもこうなのだろう。

背後に見えるデスクでは明々《あかあか》とランプが灯り、大量の書類が積み重なっていた。どうやら、こんな時間まで書類仕事をしていたようだ。

「入ってもよろしいですか？」

レイラを見つめたままひとことも発しない彼に、おずおずと問いかける。

入室を許可されないのではという考えが、一瞬脳裏をよぎった。

イライアスがレイラに冷たくなったのは悪意からではないと言われたものの、所詮はキースの言葉であり、本人に確認したわけではない。

やっぱり嫌われているのではないかしらという不安が、今さらのように込み上げた。

すると、イライアスが扉を大きく開ける。

入っていいという意味らしい。

「失礼します」

ホッとしつつも、ためらいがちに、レイラは部屋に足を踏み入れた。

まず目に飛び込んできたのは、壁にずらりと飾られた、歴代の王の肖像画だった。まるで絵の中から観察されているようで、部屋全体の雰囲気が物々しい。

高級感あふれる執務机、ビロード生地が張られた長椅子、綿密な刺繍の施された厚手のカーテン、天井まで伸びた書架。

広大な部屋に置かれた家具のひとつひとつが、洗練されていて美しい。

奥に見える重厚なドアは、おそらく寝室に通じているのだろう。

さすがは、歴史ある国の王の私室である。

入室を許可したものの、イライアスはレイラから一定の距離をとって立ち、戸惑うように視線をさまよわせていた。

挙動不審なその姿は、闘技場で見た威厳あふれる姿には、まるで重ならない。

思いがけず、レイラは微笑ましくなる。

(『今日はもうおやつはおしまい』って言ったときのアンバーにそっくりだわ)

再会直後は、彼があのかわいいアンバーだとは、なかなか信じられなかった。

だが今、レイラははっきりと、彼の中にアンバーを感じていた。

十年前、〝死霊の森〟からアンバーがいなくなったときの絶望が、胸によみがえる。

キースの話によると、きっと、アンバーもレイラと同じ気持ちだったのだ。

ある日突然レイラがいなくなって、つらい思いをしたに違いない。

あの森で暮らしていたとき、いつだってレイラとアンバーは一緒だったから。

「アンバー」

その名を呼ぶと、琥珀色の瞳が驚いたようにレイラに向けられた。

「エンメルに薬を売りに行ったきり、戻らなくてごめんなさい。崖から落ちて怪我をして、帰れなくなってしまったの」

「なんだって？」

イライアスは顔色を変えると、すぐさまレイラに近づいてくる。

「どこを怪我したんだ？　もう大丈夫なのか？」

「足と頭よ。私を助けてくれたエドモンとポーラのもとで、二ヶ月間治療させてもらったから、もう大丈夫。だけど怪我が治ってあの森に戻ったとき、あなたはもういなかった」

残念そうに語るレイラを、イライアスは、しばらくの間呆然と見つめていた。

やがて、ホッとしたように表情を和らげる。

「そんな理由があったのか。俺はてっきり、君に捨てられたとばかり思っていた」

「とんでもないわ。怪我が癒えるのを待っている間、ずっと、あなたのことだけを考えていたのに……」

捨てられたと思っていたなんて、胸が痛い。

レイラは手を伸ばすと、許しを請うように、イライアスの銀色の髪を撫でた。

「会いたかったわ、アンバー」

するとイライアスは嬉しそうに口元をほころばせて、レイラが撫でやすいようにかがんでくれた。よしよしと撫で続けると、銀色の獣耳と尻尾がぴょこんと飛び出す。

フサフサの尻尾が、アンバーが喜んだときと同じように、しきりにパタパタと揺れていた。

そういえば、閨《ねや》のときも、銀色の耳が飛び出すのを目撃した。

普段は隠しているものの、感情が昂ぶると、耳や尻尾が出てしまうらしい。

「俺も、ずっと君に会いたかった。だからいつまでも、君が帰ってくるのを待つつもりだった。だがあるときキースが迎えに来て、あの森を出なければならなくなったんだ。その後も何度かあの森に行ってみたが、君には会えなかった。そして見つけるのに、ずいぶん時間がかかってしまった」

至近距離で、彼が寂しげに微笑む。

整いすぎた顔貌《がんぼう》の威力に不意打ちで射抜かれ、レイラはふと正気を取り戻した。

(私ったら、国王陛下を相手になんてことを！)

慌てて銀色の髪から手を遠ざけ、ガバリと頭を下げる。

「不躾なことをして、申し訳ございません！　つい、昔のことを思い出してしまって……」

残虐王とも呼ばれる彼のことだ。

出すぎたことをすれば、不敬罪として咎められるかもしれない。

なんてことをしてしまったのかしらと慌てふためいていると、悲しげに揺らぐ琥珀色の瞳と目が合った。

「そういう話し方はやめてくれ。俺とふたりのときは、昔みたいに話してほしい」

「ですが、陛下。そういうわけにはいきません」

「――分かった。では、せめてその呼び方をやめてくれないか。名前で呼んでほしい」

傷ついた顔でそんなことを言うものだから、次第にレイラも気の毒になってくる。

国王を名前で呼ぶなど恐れ多いが、腹をくくることにした。

「分かりました。では、イライアス様とお呼びします」

するとイライアスが、とたんに顔を輝かせる。

銀色のもふもふ尻尾が、振り子のように大きく揺れた。アンバーが好物のチーズをもらったときの揺れ方によく似ている。

あまりのかわいさに、レイラの胸がきゅんと鳴る。

アンバーにいつもそうしていたように、なでなでしたい衝動に駆られたが、今の立場を思い出してぐっとこらえた。

「レイラ。立ち話もなんだ、座らないか」

長椅子を勧められ、我に返ったレイラが従うと、彼もその向かいの椅子に腰かけた。

そして、気まずそうに切り出してくる。

「俺も、ずっと君に謝りたかったんだ。再会してすぐのあの日、君にしたあの行為のことを」

イライアスがなんのことを言っているのかすぐに分かって、レイラは火がついたように顔を赤らめた。

そのことが原因で彼を警戒していたのは事実だが、レイラを傷つけないためにイライアスが薬まで服用しているのを知ってからは、考えが変わった。

普段は冷淡な彼だが、心の優しさはあの頃と変わっていない。

レイラは顔を赤くしながらも、ゆるゆるとかぶりを振った。

「いいえ……。本能といいますか、致し方ないことですから」

「本当に、すまなかった」

つらそうに表情を曇らせると、イライアスがレイラの様子をうかがうように、そっと尋ねてくる。

「もう痛くはないか？」

「ええ、大丈夫です」

「そうか。ならば、安心した」

心底ホッとしたように、彼が言う。

（本当に、心配してくれていたのね）

国王なのだから、娘ひとり手籠めにしようと、取るに足らないことのはず。

それなのに彼は、レイラの心と体を気遣い、高貴な身分でありながら、何度も頭を下げてくる。

彼の度量の深さに、レイラは胸が熱くなった。

そんなレイラを、イライアスは、間近からじっくりと見つめている。

「それにしても、今日の薬はよく効くな。君を前にしてもこんなにも平常心でいられる」

（薬？　そういえば……）

キースに言われたことを思い出し、レイラは慌てて問いかけた。

「薬とは、性欲を抑える薬のことですか？」

「そうだ。なぜ知ってる？」

「その、キース様に聞きました」

人には言わないでというメアリーの言葉を思い出し、キースに罪をなすりつけた。

「余計なことを」とイライアスは眉根を寄せたが、そう深くは気にしていないようだ。

「不躾ながら、イライアス様。あまり、そのようなものを飲まれない方がいいのではないのでしょうか？　副作用が出るかもしれません」

「副作用？　そんなものは出ていない」

「今はなくとも、使い続けていたら出る可能性はあります」

「君がこの城に来てから、これまでずっと服用してきたが、なんの問題もない。調合した薬師の腕が、よほどいいのだろう」

「それは、そのとおりでございますが」

思わぬタイミングでメアリーを褒められて、レイラは自分のことのように嬉しくなる。勉強熱心なメアリーは、国一番の薬師になるのが夢らしく、日がな一日複雑な薬学の書物を読みふけり、研究に勤しんでいた。

このところ毎日のように薬舎で過ごしているレイラは、メアリーの勤勉さをよく分かっている。大好きな友人を褒められて、喜ばずにはいられない。

思わずにんまりとしたレイラを、イライアスは幸せそうに見ていた。

「とにかく、薬のおかげでこうして君と話をすることができて、薬師たちには感謝している。あんな風に、欲望のままに君を抱きたくはなかったんだ。君は俺の命の恩人で、この世の何よりも大事な人だから」

「そんな……恐れ多いです。私は森で傷ついた狼の子供を見つけて、少しの間、一緒に暮らしただけですから。特別なことは何もしていません」

「そんなことはない。あのときの俺は、母上を失い、城を追われ、おまけに怪我までして絶望のふちにいた。もうこのまま朽ち果ててもいいとすら思っていたんだ。だが薄汚れた狼でしかなかった俺を、君は本当の家族のように大事にしてくれた。俺が、そんな君を大事にしたいと思うのは当然のことだろう?」

「イライアス様……」

イライアスの真摯な目は、嘘を言っているようには見えなかった。

彼の過酷な生い立ちを思うと、レイラは胸が苦しくなる。

彼が王室の内乱に巻き込まれ、狼の姿で身を隠さなければいけなかったことは、キースから聞いたので知っていた。

（まだ子供というのに、どれほど孤独だったのかしら）

思わず瞳を潤ませていると、「少し、昔話をしないか」とイライアスが優しい声で言った。

「あの頃の思い出を、君と分かち合いたい」

「はい、ぜひ」

それからふたりは、二年間ともに暮らした森での日々のことを語り合った。

エポックの花に埋もれた森の湖が、神秘的な美しさを放っていたこと。

森の奥深くにあるラズベリーの実が、格別すっぱかったこと。

あるとき親切な富豪が万能薬をすべて二倍の値段で買い取ってくれ、燻製ベーコンとチーズを大量に買い込んで、ふたりで贅沢したこと。

「初めて湖で魚を捕ったとき、君がものすごく喜んでくれたのを覚えている」

「私も祖父も、釣りが苦手だったんです。だから、アンバーが簡単に魚を捕まえるのを見て、本当に驚きました」

よそよそしかったのが嘘のように、ふたりの空気が和んでいく。

レイラはもう、彼のことを怖いだとか、苦手だとかは思わなくなっていた。

見た目も身分も大きく変わってしまったが、彼はやはり、まぎれもなくアンバーだ。

（私のかわいいアンバー）

気づけばレイラは、あの頃と同じ友好的なまなざしを、イライアスに向けていた。

イライアスの方も、すっかり心を許した目をしている。

銀色の尻尾が、期待するようにパタパタと揺れていた。

「レイラ、頼みがある」

「なんでしょう？」

「俺の頭を撫でてほしい。君に撫でられるのが、俺は大好きだったんだ」

この国の最高権力者である彼が、生真面目にそんなかわいいことを言うものだから、レイラは思わず笑ってしまう。

「いいですよ。私もあなたを撫でるのが大好きでしたから」

「本当か？」

琥珀色の瞳が、少年のようにパッと輝いた。

イライアスはすぐに立ち上がると、レイラの膝に頭を乗せて、ゴロンと横になる。

「さあ、存分に撫でてくれ」

「え？　この状態でですか？」

「そうだ」

キラキラと瞳を輝かせながら、もふもふの尻尾をパタパタと振り続けるイライアス。

大人の男を膝枕した経験などあるはずもなく、レイラはためらった。

だが考えてみれば、彼とはそれ以上のことを、すでに経験済みである。

(今さらな恥じらいだわ)

そう自分に言い聞かせると、レイラは膝の上にある柔らかな銀の髪に指を通した。

なでなで、なでなで、と繰り返すと、それに応えるように、銀色の三角耳がピクピク動く。

気持ちよさげに目を閉じている彼は、頭を撫でてやったときのアンバーそのものだった。

「レイラ」

「はい、なんでしょう？」

「昨日、闘技場でクリストファーの頭を撫でていただろう」

「えっ⁉」

まさかそんなことを指摘されるとは思わず、イライアスの頭を撫でていたレイラの手が止まる。

「ご覧になられていたのですか？」

「当たり前だろう。ああいうことは、二度としないでほしい。この世で君が撫でていいのは、俺の頭だけだ」

昨日のことを思い出したかのように、ムスッとした顔つきになるイライアス。

もしかしたら、城内試合の際ひどく不機嫌そうだったのは、レイラが彼以外の頭を撫でていたことが原因だったのかもしれない。

つまり、ヤキモチだ。

「ですが、クリストファー様はまだ子供ですし」

「子供も大人も関係ない。とにかくもうやめてくれ」

「……分かりました」

国王ともあろう者の大人げなさに呆れてしまう。

だが、同時に構いたくなるような愛しさが込み上げた。

――明日も来て、頭を撫でてほしい。

一時間ほど滞在したあとで部屋を去る間際、恥じらいながらそう言われたときも、かわいさに胸がきゅううんとして、レイラは人知れず悶えた。

（ザルーラ国王ともあろう御方に、何度もかわいいと思ってしまうなんて、失礼だわ）

レイラは心の中で反省しながら、イライアスの部屋をあとにする。

すると、廊下をしばらく行ったところに、待ち構えるようにしてキースが立っていた。

「ずいぶんお早いお戻りですね」

「はい、少しお話をしただけなので」

まさか、国王を膝枕してなでなでしたとは言えない。

「少し、話をしただけ？」

キースが、ぴくっと片眉を上げる。

普段が無表情なだけに、その些細な表情の変化が異様に怖い。

「妙な薬を服用されていることについては、何もお話しされなかったのですか？」

「健康に害はないとおっしゃっていましたし、陛下自ら望んで飲まれているようでしたので、しつこくは言いませんでした」

答えると、キースの目にみるみる影が差す。

彼としては、どうにかして、イライアスに奇妙な薬の服用をやめてもらいたいのだろう。

それからレイラにも、番《つがい》としての仕事をまっとうしてもらいたいに違いない。

「……それと、明日も来るようにと言われました」

なんとなく身の危険を感じて、取り繕うようにそう告げる。

するとキースはいつもの無表情に戻り、落ち着いた声で言った。

「左様ですか。では、明日に備えて今日はゆっくりお休みになられてください」

「はい、ありがとうございます」

(明日も、たぶんキース様の望むようにはならないけど)

そうは思ったものの、ここぞとばかりにレイラはキースから離れ、自室へと急いだのだった。


その日以降、レイラは毎夜イライアスの部屋を訪れるようになった。

部屋に入ったとたん、イライアスはいつも尻尾をパタパタさせながら出迎えてくれる。

その姿は、レイラが外から帰ってきたとき、尻尾を振って歓迎してくれたアンバーの姿そのものだった。

夜にレイラとゆっくり過ごしたいがために、最近は、書類仕事を集中して早めに終わらせているようだ。

尻尾パタパタのあとは、長椅子に連れていかれ、膝枕なでなでをせかされた。

思う存分獣耳を堪能できるこのひとときが、次第にレイラも楽しみになってくる。

あるとき、ふと気になって聞いてみた。

「耳や尻尾は、感情が昂ると出るんですよね」

「ああ、そうだ」

レイラの膝に、気持ちよさそうに頬をすり寄せながら答えるイライアス。

「人の前でもうっかり出ることはあるんですか？」

「君とキース以外の前ではまず出ない。ほかの人間は信用していないからな」

さらりと言われたが、レイラは思いがけず胸が温かくなった。

（私も、信頼されているひとりに入れられているのね）

ちなみに成長するにつれ、獣人特有の能力は多少薄れてきたらしい。だが、今でも狼に変化はできるようだ。

城の中で獣化したら大騒ぎになるので、もう何年も獣化していないとのことだが。

（大人になったアンバーは、さぞやもふもふなんでしょうね。ああ、耳だけでなく、全

身もふもふも堪能してみたいわ）

そんなよこしまな考えを抱きながら、レイラは来る日も来る日も、イライアスの頭を撫で続けた。

そして時折、イライアスに、離れている間の出来事について語った。

エドモンとポーラがとても仲のいい夫婦で、エドモンの狩猟の腕が一流だったこと。

ポーラの作るレモンパイが信じられないくらい美味しいこと。自然豊かなリネイラの景色が、どんなに広大で美しいかということ。

ザルーラ国王という、このうえないほど尊い身分でありながら、イライアスはレイラのつつましやかな話をいつも真剣に聞いてくれた。

ただし、ダニエルの話をするとなぜか不機嫌になるので、あえて避けるようにしている。

「そうか。薬代というのはそんなに高いのか。それでは貧しい者がますます困窮してしまう。国からの支援も考えなければならないな」

そんな風に、一国の主としての顔を見せることもあった。

また、イライアスも、レイラにたくさん自分の話をしてくれた。

亡き母が聖母のように優しかったこと。キースがどんなに無表情で堅物かということ。

そしてときには、君主としての熱い思いも。

「俺は、戦争がしたかったわけじゃない。領土を広げたかったわけでもない。だが、戦争をしなければこの国は終わっていた。父上が崩御したとき、この国はそれほどまで追い込まれていたのだ。敗戦国となったとき、民が肩身の狭い思いをするのは目に見えていた。そうならないために、国王としてがむしゃらに戦っただけだ」

戦のことを語るとき、イライアスは決まってつらそうな顔をした。

「それから、若さゆえ、俺を軽んじる重鎮が何人かいた。やつらに見下されたままでは、王室の統制が取れなくなる。王室の崩壊は、国に影響する。だから、絶対君主として、あえて人に厳しく当たったんだ。そんな俺を、まるで悪魔のようだと揶揄《やゆ》する者もいるがな」

狼神、残虐王。

彼が若くして数々の異名を持つようになったのは、そんな理由があったかららしい。

(この人はきっと、この国のために、ご自分にも他人にも厳しくして生きてこられたのだわ。この若さで、誰にも甘えることなく)

そのせいか、レイラを前にすると、タガが外れたように甘えてしまうらしい。

仔狼のように尻尾を振り、頭なでなでをおねだりして。

厳格な彼が自分だけに見せる甘えを、次第にレイラは愛しく思うようになった。

（私の前だけでも、仔狼のアンバーに戻って、心を解放してほしいわ）

イライアスは、レイラには想像できないほどの重圧を背負って生きている。

――そんな彼の、心のよりどころでありたい。

いつしかレイラは、はっきりとそう思うようになった。

とはいえ、膝枕をして頭を撫でるだけで、イライアスがレイラに触れることはいっさいない。

閨事《ねやごと》なんて、もってのほかだ。

性欲を抑える薬の服用はいまだ続いていて、やめるつもりもないらしい。

レイラが自分の部屋に戻るとき、咎めるような視線を向けてくるキースは、そのことに不満を抱いているようだ。

レイラは、イライアスとの間に子供を生すためにこの城にいる。

だからキースの不満は当然のことで、レイラもイライアスに抱かれる覚悟はとっくにできていた。

だがイライアスがそれを望まない以上、どうすることもできない状態が続いていた。

ある日の夜。

レイラは、露出度の少ない白のドレス姿で、イライアスの部屋に向かっていた。

壁画の描かれた廊下を抜け、イライアスの部屋へと通じる螺旋階段を目指す。

と、前方に人影が見えた。文官長のバッセル侯爵だ。

（こんな時間に、何をされているのかしら？）

初めて中庭で遭遇したとき、侮蔑《ぶべつ》的な態度を示されてから、レイラは彼が苦手だった。

その後も何度かすれ違う機会があり、話をしたが、穏やかなようでいつもねちっこい敵意を感じる。

おそらく彼は、レイラのことを好ましく思っていない。

この国の世継ぎを身分の低い娘が産むしかない事態に、納得がいっていないのだろう。

「素早く行動に移せと言ったではないか！」

夜中だというのに、バッセル侯爵は、部下を叱りつけているようだ。

レイラは柱の陰に隠れ、廊下から彼らがいなくなるのを待つことにした。

「お前の将来には期待してるんだ。だから、がっかりさせないでくれ。確実にやり遂げるのだぞ」

暗いせいで、相手の顔がよく見えない。

とにかく、こんな時間にこんなところでお叱りを受けるなんて、気の毒な話である。

（イライアス様にはおべっかばっかり使ってるのに、部下には威張り散らしているのね。やっぱり嫌な人だわ）

バッセル侯爵の部下に、同情心が込み上げる。

しばらくすると、彼らはそこから立ち去った。

螺旋階段を上り、イライアスの部屋へと急ぐ。

「イライアス様、レイラです」

コンコンとノックをし、戸口で囁くと、すぐに扉が開いた。

イライアスはいつものように、尻尾をパタパタさせてレイラを出迎えてくれた。

見た目はクールなのに、尻尾だけがもふもふしているアンバランスさは、いつ見てもかわいい。

「来たな。会いたかったよ」

「私もです」

レイラが微笑んだとたん、イライアスの顔がみるみる赤くなった。

片手で口元を覆い、なぜかレイラに背を向けてしゃがみ込むイライアス。

先ほどまで嬉しそうに揺れていた尻尾が、しょげたようにだらんと垂れている。

「イライアス様？」

いつもとは違うイライアスの様子に、レイラは違和感を覚えた。

体調が悪いのかと思い、しゃがみ込む彼のもとに急いで駆け寄る。

「どうかされましたか？　具合でもお悪いのですか？」

白いシャツの背中に触れ、容態をたしかめるように、伏せられた顔をそっと覗き込んだ。

「触らないでくれ！」

すると、刃のような声でピシャリと拒否され、レイラは肩を竦める。

だが、以前のように怯んだりはしなかった。

レイラはもう、彼が本当は優しい人だということを知っている。

だからすぐに気を取り直すと、落ち着いて言った。

「王宮医を呼んでまいります」

「その必要はない。君が出ていってくれたらそれでいい」

「ですが、お加減が悪いのでしたら診てもらった方がいいです。もしかして、薬の副作用がついに出たのでは……？」

ハッと思い出し、顔を青くする。

だがイライアスは、力なくかぶりを振るだけだった。

「違う、そうではない。逆だ」

「逆？」

「今日は薬が効いていないんだ。君を押し倒したくてこらえられそうもない」

赤い顔を半分だけ上げて、苦しげにそう言うイライアス。

うつろな瞳は色欲を帯びていて、吐く息は荒く、言葉どおり今にもレイラを捕食せんばかりの勢いだ。色気あふれるその姿に、レイラも思わずカアッと赤くなった。

「とにかく出ていってくれ。頼む」

当の本人が、レイラが出ていくことを望んでいるのだ。

逆らうわけにはいかず、レイラは頷くと、扉の取っ手に手をかけた。

だが。

「……あら？」

ガチャガチャ、ガチャガチャ。どんなに捻っても扉が開かない。

「どうして開かないの……？」

すると、扉の向こうから「レイラ様」と呼ぶ声がする。キースだった。

「キース様？　扉が開かないのですが」

「それは、私が外から錠前をかけたからです。今夜はその部屋から出ることなく、朝まで陛下とお過ごしください」

「――え？」

「あなたにはお世継ぎを作る義務がございます。このまま何もせずにいるあなたを、見過ごすわけにはいきません。陛下がいつも飲まれている薬は、今日は私が栄養剤とすり替えました。ですから陛下も、あなたとふたりきりの状況では、手を出さずにはいられないでしょう」

　相変わらずの淡々とした口調で、キースがとんでもないことを言う。

「ふざけるなよ、キース！」

　イライアスが矢のように飛んできて、ドンッと扉を叩いた。

「こんなことをして、許されると思っているのか！　いますぐ扉を開けろ！」

「陛下も、本当はそれをお望みなのでしょう。どうかすぐにでも交わってください。その女はお世継ぎを産むためにいるのです」

（お世継ぎを産むためにいる……）

　子種を植えつける畑として以外は価値がないとでも言われているかのようで、レイラはひそかに傷ついた。

　しがない平民なのだから、もっとも言い分なのだが、断言されると複雑な気持ちになる。

　だが怒りを露わにしたのは、レイラではなくイライアスの方だった。

「彼女を侮辱するな！」

扉の向こうに、怒号を飛ばすイライアス。

「くそっ。お前だけは、彼女が俺にとってどれほど特別か、理解してくれていると思っていたのに。これでは、ドミニクと同じではないか！」

イライアスの叫び声が、レイラの胸にまっすぐ届く。

なんともいえない喜びが、体中を巡った。

彼に大事にされているのは、もう充分に分かっている。

再会して間もなくの頃のように、体だけが目当てだとは思っていない。

番《つがい》の証をつけたがための関係上、男が女に抱く愛情とは異なるが、物のように思われているわけではない。

イライアスは、レイラをひとりの人間として認めてくれている。

だからこそ、薬を服用してまで、性欲を我慢していたのだ。

(身分の低い娘相手に、そんなことまでするなんて)

馬鹿な人と思うと同時に、愛しさに胸がじんと疼《うず》いた。

気づけばレイラは、扉と対峙している彼の背中を抱きしめていた。

扉を叩いていたイライアスの拳が、凍りついたように固まる。

「レイラ。何をやって――」

「抱いてください」

ビクッと、イライアスの肩が揺れた。レイラは構わず、彼の背中に頬をすり寄せる。

「私なら、もう大丈夫です」

はっきりと告げると、おそるおそるといったように、イライアスがこちらを振り返った。

顔が、興奮と憤りで真っ赤になっている。

錯乱状態の彼に安心してもらいたくて、レイラが微笑むと、彼はぼうっとしたように見惚れていた。

だが。

「だ、だめだ！　また、無理をさせてしまう……！」

まるで湖から上がった直後のアンバーのように、激しく銀色の髪を振ると、イライアスはレイラから飛ぶように離れて窓辺に近づいた。

どうやら窓から逃げるつもりらしいが、ここは三階である。

獣化能力があろうとも、さすがに無茶なように思うが、動揺している今の彼ならやりかねない。

逃がすものかと、レイラはその背中を追いかけ、再び抱き着いた。

再び、ビシッと石のように固まるイライアス。

そのとき、腰に回したレイラの手が、何か硬いものに触れる。

彼のそこは、すでにトラウザーズを突き破らんばかりに昂っていた。

「……っ！」

少し触れただけなのに、苦しげに息を吐くイライアス。

（そういえば、男性はここに触れると気持ちよくなるって、キースがくれた指南書に書いてあったっけ）

ながら読みしただけだが、なんとなくは覚えている。

レイラは彼の怒張を指でたどると、本で目にしたように、根元をそっと手のひらで包み込んだ。

ゆっくりとしごくと、イライアスの呼吸がますます荒くなる。

「れ、レイラ……。何を……」

（本当に気持ちいいのね）

なんだか楽しくなってきて、レイラはその動きを繰り返した。

イライアスは苦しそうにしながら、レイラの手の動きを制止しようともがく。

だが力が入らないのか、伸ばした手は所在なくさまようだけに終わった。

「レイラ、も、もう……」

イライアスの声が、次第に上ずっていく。

そのときふと、窓ガラスに映る自分と目が合った。

イライアスの体に抱き着き、彼のあらぬところに手を這わせている。

痴女さながらの自分の姿に、レイラは今さらながら動揺した。

「ご、ごめんなさい……」

慌てて手を引っ込め、彼から遠ざかろうとしたが、両腕を取られて動きを封じられる。

目の前には、銀色の三角耳をピンと立て、瞳をぎらつかせた獣人がいた。

先ほどの行為のせいで、頬はこのうえないほど上気し、吐息も荒い。

「ひどいな。今さら逃げる気か？　あんなに厭らしいことをしておいて」

咎めるような口調で、イライアスが言う。

「――君のせいだ」

吐き捨てるや否や、イライアスは早急に唇を重ねてきた。

すぐに口腔内に入り込んできた舌が、レイラの舌をとらえ、絡め、吸い上げる。

「んっ、ふぅ……っ」

いきなりの激しいキスに、レイラはなすすべもなく翻弄された。逃げようとしても、がっちりと腰に回された彼の腕が、許してくれない。

口腔内を隅々まで舐め回され、どちらの舌かも分からなくなっていく。

「ぷはっ……！」

ようやく熱烈なキスから逃れることができ、必死に空気を体に取り込んでいると、その隙に背後にあるベッドに押し倒されていた。

「君は本当に悪い子だな。俺の気も知らないで」

うわごとのように言いながら、上に覆いかぶさってきたイライアスが、レイラの白くなだらかな首筋に舌を這わせる。

彼の唇は次第に鎖骨へ下りていき、やがて布越しにレイラの胸の先を食んだ。

「ひゃ……っ！」

思っていた以上の刺激に、レイラは小さく鳴いた。

ジュッと数回吸い上げられたあとで、丹念に舐め転がされる。

そのねっとりとした動きがあまりにも厭らしくて、レイラの羞恥を煽った。

「白い生地のせいで、布の上からでも、君のここが赤く熟してきたのがよく分かる。ああ、早く直に味わいたい」

そう言いつつも、イライアスはレイラの服を脱がせようとはせずに、今度は反対の胸の先に吸いついて同じ行為を繰り返した。

すでに硬くなっている反対側は、ふにふにとあやすようにいたぶられる。

「あ、んんっ、いやぁ……」

そろりと視線を下げると、彼が言うように、彼の唾液によって濡れた生地から凝った乳首が透けて見えていた。なぜだか、裸にされるよりも恥ずかしい。

「いや、こんなの恥ずかしい……」

「そうか。君は脱がされたいんだな」

イライアスは歌うように言うと、いとも簡単に、レイラのドレスをずり下げてしまった。

白くてまろやかな乳房が、ふるんと踊り出る。胸の先はすでにピンと尖っていて、男の欲望を煽るには充分だった。

すぐさま、そのふたつの膨らみを、思う存分揉みしだくイライアス。

「本当にずいぶん女らしくなった。ここをこうしてるだけで、果ててしまいそうだ」

その言葉どおり、太ももあたりに当たっている彼の怒張は、これ以上ないほど硬くなっている。

欲のはけ口を求めるように、ぐっとそこを体に押しつけられながら、今度は乳首を直に舐めしゃぶられた。舌先でレロレロと転がされ、つつかれ、甘噛みされる。

合わせた。

「あっ、んんぁ……っ！」

またあの溶けるような感覚が腰に落ちてきて、無意識のうちに、レイラは膝をこすり

「レイラ、レイラ……っ」

イライアスは胸の愛撫に没頭しながら、巧みにレイラの服を脱がせていく。

レイラが一糸まとわぬ姿になると、今度は臍《へそ》のあたりから下方へと舌でなぞって

いった。

片足を上げられ、太ももの裏まで舐められる。そしてふくらはぎから足先まで舌を這

わせると、足の指をしゃぶりながら、ささやかな下生えに手を伸ばしてきた。

「んん……っ！」

二本指でスッとこすられただけで、その部分がクチュッと淫猥な音をたてる。

汚いことのように思えて、レイラは泣きそうになった。それなのに、イライアスは陶

酔するようにその部分に見惚れている。

「ああ、レイラ。ぐっしょりでかわいい……」

熱のこもった声でそう言うと、イライアスはすぐに剥《む》き出しのあわいに舌を這わせて

きた。

ぴちゃぴちゃと淫猥な音を響かせながら、花びらの溝を、余すところなく赤い舌が這いずり回る。

「んっ、んんぁ……っ！」

そこを舐められる行為は初めてではなかったが、やはり信じられないくらい恥ずかしい。

だが心とは裏腹に、腰がビクビク跳ね、己の本性のはしたなさを思い知らされる。

認めたくなくて、レイラはすがるように彼の頭を掻き抱いた。

三角耳が、ピンと硬く立っている。

興奮すると耳もこんな風になるのねと、レイラは頭の隅でぼんやり思った。

巧みに動く舌は、やがて上部の突起を弾いてくる。押しつぶされ、吸われ、そこが充分熟れてきた頃、今度は舌が蜜壷の中に侵入してきた。

「やあっ、あぁんっ」

まるで、体の内側からドロドロに溶かされていくようだ。

腰に力が入らず、レイラはしきりに声を上げることしかできない。

その後も、彼はずいぶん懸命にそこを舐め続けた。よほど、舐める行為が好きなようだ。

(やっぱり獣の本能がそうさせるのかしら)

なんとなく、アンバーがベーコンを食べ終えたあとの皿を隅々まで舐めていたことを思い出す。

しばらくすると、ようやく満足したのか、イライアスが顔を上げた。

熱に浮かされた目をしたまま、自らのシャツを脱ぎ捨てる。

鍛えられた男の筋肉が、暗がりに浮かび上がった。

スリムなようでいて、無駄なく引き締まった美しい体をしている。裸体をさらしつつ、レイラを一心に見つめ、濡れた口の周りをベロリと舐める仕草がひどく色っぽい。

「もう限界だ……」

硬質なものが、ドロドロに溶かされた蜜口にあてがわれた。

その瞬間、前にその行為をした際のひきつれた痛みを思い出し、レイラは全身をこわばらせる。レイラを見つめる琥珀色の瞳には、爛々とした、獣じみた色が浮かんでいた。

こうなってしまうと、どんなに抗っても逃れられないことを、レイラはもう知っている。

それが、先祖返りの獣人王である、イライアスの番《つがい》の宿命なのだ。

痛みに備えて、レイラはぐっと歯を食いしばった。

だが、我を忘れていたはずのイライアスが、そこでハッと目を見開いた。

うつろだった瞳に、みるみる正気の色が戻っていく。

「すまない……」
小声で謝ると、イライアスはレイラから身を離し、背中を向けてベッドに腰かけた。
「俺はまた、君を傷つけようとした……」
しきりに肩を上下させながら、項垂れるイライアス。
とっくに情欲の限界を超えているのに、理性を振り絞り、耐えているらしい。
（私が怯えた顔をしたから、必死の思いで我慢してくださったのね）
そもそも、彼の子を産むために、レイラはこの城に滞在しているのだ。
だから、ためらうことなくいくらでも抱きつぶせばいいのに、彼はそれをしなかった。
それどころか、レイラの気持ちを慮って、薬で性欲を制御した。
そのうえ、こんな状況ですら、レイラを守ろうとしているなんて。
（もう覚悟はできているのに。優しい人ね）
この数日で、レイラは彼の優しさと不器用さを知った。
そして仔狼ではなく、大人の男としての彼に惹かれ始めている。
今のレイラは、彼に抱かれることに抵抗はない。
レイラは覚悟を決めると、体を起こし、ベッドに腰かけている彼にまたがった。
トラウザーズをずり下げ、姿を見せた昂ぶりを、自らぬかるんだ蜜口にあてがう。

（たしか、指南書にはこんなやり方も載っていたはず）

ながら読みだったはずが、意外と細部まで覚えている自分に驚かされる。

「レイラ、何を……」

レイラの積極的な行為に、イライアスがうろたえている。

逃げ腰になった彼を繋ぎとめるように、レイラは目の前の唇にちゅっとキスをした。

「傷ついたりなんかしません。私を抱いてください」

唇が触れるか触れないかの位置で囁き、ぐっと腰を落とす。

硬質な感触が膣壁を滑る感覚に、腰がわななないた。

「ああっ、ん……っ！」

（全部、入った……）

まだ二回目なので痛むかと思ったが、案外大丈夫なようだ。

それどころか、思った以上に刺激が強く、早くも体中が快感に震えている。

腰から下がとろけたようになって、力が入らず、レイラはそれ以上どうすることもできずにいた。

「んん……っ」

（指南書には、この体位は女性が先導して動くのが好ましいって書いてあったけど、そ

んなの無理だわ）

助けを求めるように、ぎゅっと目の前の逞しい肉体にしがみつく。

「ごめんなさい。気持ちよすぎて、動けそうもなくて……」

すると、目線の先で、イライアスの喉仏がゴクリと鳴った。

間髪容れずにぎゅっと抱きしめられ、肩口に深く顔を埋められる。

「ああレイラ、俺をどうしたいんだ。君がかわいすぎて、とても正気じゃいられない」

イライアスはうめきに似た声を上げると、レイラの頬に舐るようなキスの雨を降らし、腰を揺すり始めた。下からズンズンと突き上げられる感覚は、これまでにない強烈な刺激となって、レイラを翻弄する。

「あっ、んんぁっ……！」

「レイラ、レイラ……っ！」

突き上げられるたびに、胸の先が彼の胸板にこすれて、そこからも甘い刺激が生まれた。

イライアスは律動を続けながら、揺れる乳房をぱくりと食んで、よりレイラを高みに追い上げる。

「やっ、ああっ、ンあっ……」

乳房をちゅくちゅくと吸い上げながら、しきりにあえぐレイラをイライアスはうっとりと眺めていた。

「もっと声を聞かせてくれ、レイラ。俺を感じている声を」

突き上げが、より速度を増していく。

胸をひとしきり吸われたあと、今度は首筋にある痣を舐められた。そこを刺激されると、どういうわけか、甘い刺激が体中を駆け巡る。

イライアスは本能的にそのことを分かっているのか、執拗に首筋を唇で攻めてきた。

「やっ、んあぁ、ああっ！」

膣奥が、彼で満たされていく。

刺激が強すぎて、もはや何も考えられない。

徐々に快感が脳天に昇りつめ、やがて稲妻のような震えが全身を駆け抜けた。

視界が、白い靄に包まれる。

「あああぁ……っ！」

レイラは背筋をのけぞらせ、腰をひくつかせながら、強烈な疼《うず》きに耐えた。

「本当にかわいいな」

ビクビクと震えるレイラを、イライアスはとろけた顔でじっくりと観察していた。

レイラの体の震えが止まった頃、繋がったままベッドに押し倒される。

休みなく、今度は上からガツガツとむさぼるように抽挿を再開された。

グチュグチュという淫猥な水音が、そこから絶えず鳴り響いている。

それをもう恥ずかしいとも思わないほど、与えられる快楽によって、レイラの思考は麻痺していた。

「あっ、あっ、あぁっ、んっ、んあぁっ」

嬌声を上げるレイラを一心に見つめるイライアスの額には、汗の粒が無数に光っている。

獣耳をピンと立て、獣のような呼吸を繰り返しながら、イライアスはひたすら己の欲をレイラの中に穿ち続けた。

「あんっ、あ、あ、あぁぁ……っ」

しっとりと濡れた肌と肌、迸《ほとばし》る汗、むんと漂う雄と雌の香り。

やがてイライアスは苦しげに唸ると、レイラの中で果てた。

肩を震わせたあと、力尽きたようにレイラの体に覆いかぶさってくる。

いまだ彼の昂ぶりがヒクヒクと奥で痙攣している中、レイラは彼の背中を抱きしめて大きな体を受け止めた。

しっとりと汗ばんだ彼の背中を、なぜか無性に愛しく思う。

イライアスは、しばらくそのままレイラの胸元に顔を埋めていたが、息が落ち着いた頃にそろりと顔を上げた。それから汗に濡れた銀色の髪を掻き上げると、レイラの顔に頬ずりしてそっと口づける。

「痛くはなかったか？」

「はい、大丈夫です」

「では、気持ちよかったのか？」

「それは……」

思わず顔を赤くすると、彼が嬉しそうに口元をほころばせた。

そしてレイラの乱れたキャラメル色の髪を撫でながら、「許せ」と耳元で囁く。

「今夜は、まだやめられそうにない」

再び始まった行為は、明け方まで続いた。

おかげですっかり疲弊したレイラは、翌朝起き上がれなくなり、丸一日をイライアスの部屋で過ごす羽目になったのである。

第四章　身を引こうとしたら抱きつぶされました

それからというもの、イライアスは、タガが外れたようにレイラを抱くようになった。事が始まると、一回や二回では終わらないので、レイラは翌朝ぐったりと動けなくなってしまう。気兼ねなく休めるよう配慮してくれたのか、この頃は、イライアスの方がレイラの部屋に通うようになった。

一方のイライアスは、毎夜、獣のようにレイラをむさぼりながらも、昼も変わらず元気だった。むしろ毎夜の閨事《ねやごと》が始まって以降、以前よりも活発になった気がする。

(本当に、ものすごい性欲だわ)

性欲を抑える薬はもう服用していないようだが、こんなことなら、ときどき飲んでほしいと思う。

とはいえ、閨事《ねやごと》が終わったあと、決まってレイラの顔に頬ずりしてくるイライアスはたまらなくかわいかった。

寝るとき、いつもアンバーがそうしてくれたのを思い出して、再び求められても拒めなくなってしまうのだ。

狼神と名高い彼は、軍事力に優れ、冷淡で、人々に畏怖されている。

だがレイラの前では、隙あらば甘えようとした。

そんな風に、自分にだけ心を許してくれる彼を、次第にレイラは愛しいと思うようになる。

体を繋ぐたびに、心も繋がっていくようだった。


その日、レイラは昼過ぎから薬舎を訪れていた。

椅子に座って、薬を調合している薬師たちの姿をぼうっと見ていると、メアリーに心配そうに声をかけられた。

「レイラ、なんだかこの頃疲れていない?」

「そうかしら?」

「そうよ。いつもぐったりしているみたい。流行りの風邪がそういう症状らしいわよ、効く薬をあげましょうか?」

「ううん、大丈夫よ。そのうち治ると思うわ」

まさか国王に毎夜抱きつぶされているからとは言えず、レイラは言葉を濁した。

「あらそう。必要だったらいつでも言ってね。あ、そういえば」

そこで、メアリーが思い出したように声を上げる。

「預かっている万能薬の調合文書なんだけど、解読しているうちに、すごいことが分かったの。あの文書を書いたのは、有名な王宮薬師みたいよ」

「そうなの？　私のひいおじいさんが書いたって聞いたけど、違ったのかしら？」

「だから、レイラのひいおじい様が、王宮薬師だったってことよ。ハロルド・ブライトン様という方でしょ？」

「ええ、ハロルド・ブライトンで合っているわ」

メアリーの言葉に、レイラは目を丸くした。

曾祖父が王宮薬師だったとは初耳だ。

「それも、ただの王宮薬師じゃないわ。ハロルド・ブライトンは、今でも使われている薬をたくさん開発した、伝説の薬師なの。まさかレイラのひいおじい様だったなんて驚きだわ」

「そうなの？　私、まったく知らなかったわ」

曾祖父については、万能薬の調合法を開発したということくらいしか知らなかった。しがない田舎の薬師と思っていたが、まさかそんなに名の知れた人だったとは。

名だたる王宮薬師でありながら、彼はなぜ、あの鬱蒼《うっそう》とした森を終の棲家としたのだろう？

「だから、万能薬の調合文書は、実はかなり貴重なものなのよ。だって、あの伝説の薬師が手がけた未発表の薬なんですもの！　見たい薬師が、ごまんといるはずだわ」

興奮で声を大きくするメアリー。

「だけど、分かったのはまだそれくらいなの。本当に難解で、解読にまだ時間がかかりそうだわ。だから、もう少し貸してもらっていい？」

「ええ、もちろんよ」

レイラは、メアリーの申し出に快く頷いた。

疲れはその後も取れず、レイラは早めに薬舎を出て、自室に戻ることにした。

本宮に入り、中庭を取り囲む渡り廊下を進む。

すると、前方で立ち話をしている婦人たちの声が耳に届いた。

「陛下のお妃選びが、順調に進んでいるそうですわ。最終候補者が、何人かに絞られたという噂を聞きましたの」

「あら、おめでたいことですわね。いったいどなたが選ばれるのでしょう？」

この頃、ザルーラ城内は、イライアスの妃選びの話で持ちきりだった。

彼が妃を迎える日も、そう遠くないのだろう。

覚悟していたことだが、自分以外の誰かと寄り添うイライアスを想像するとつらくなる。

（だけど獣人の性質を持つイライアス様は、その方とは子供を作れないから、私の産んだ子供はお妃様の子供として育てられるのね）

自分の子を認知できないなんて、改めて考えると悲しい。

イライアスのことも、自ら産んだ子供のことも、レイラは第三者として遠目に見守るしかないのだ。

切なくなったレイラは、毎夜のように彼に子種を注がれているお腹を、自然とさすっていた。

そのとき、話をしていた婦人たちが、早急に口を閉ざして頭を下げる。あたりにいた人々も、立ち止まって頭を垂れだした。

見ると、渡り廊下の向こうからこちらへと、イライアスが近づいてきている。

濃紺のジュストコールをスマートに着こなし、鋭いまなざしで前方を見据えている姿は、まぶしいくらいの威厳にあふれていた。

レイラも慌てて頭を下げ、彼が通り過ぎるのをじっと待つ。

コツコツと歩みを進めるブーツが、目の前を通り過ぎていった。従者をひとり従えてはいるが、珍しくキースではないようだ。

イライアスは、誰もが敬服する、この国の誉れ高き王だ。

何度体を重ね、心を通わせようとも、レイラとイライアスの間には気が遠くなるような距離がある。本来であれば、近くにいてはいけないような存在だ。

同じ城の中にいることすら、おこがましいほどに。

今さらながら、そのことに胸が苦しくなる。

落ち込んだレイラは、その後、中庭に出て花を愛でることにした。色とりどりの花々を見て回るうちに、ふさぎ込んでいた気持ちが和らいでいく。

レイラはしばらく、ゆっくりと庭の散策を楽しんだ。

そのうち、人気のない場所にある納屋に行き着く。

どうやら庭師が用具を入れる場所のようだ。

引き返そうと踵を返したとき、突如何者かにグイッと腕を引かれた。声を上げる間もないまま、納屋の裏に引きずり込まれる。

驚きながら見上げた先には、あろうことかイライアスが立っていた。

「イライアス様？　どうしてこんなところに？　ご政務中だったのでは？」

先ほど、渡り廊下を通り過ぎていったばかりなのに。

するとイライアスが、しいっと人差し指を口元に当て、小声で答える。

「少し時間が空いたから、こっそり抜けてきた。すれ違ったとき、君があまりにもかわいかったから、近くで見たくなったんだ。昼間はそういう明るい色のドレスも着るのだな、似合っている」

そう言って目を細め、上から下までレイラを眺めるイライアス。

レイラは今日、デコルテが広く開いた、ラベンダー色のドレスを着ていた。

レイラのためのドレスは部屋にたくさん用意されているが、派手なものは好まない性分なので、これまでは地味なドレスばかりを着ていた。

だが一度も袖を通さないのはもったいないと思い、今日は色鮮やかなものを選んでみたのだ。

貧乏性のもったいない精神からしたことだが、女の性《さが》か、褒められると素直に嬉しい。

「ありがとうございます」

「もっとよく見せてくれ。……少し、肌を見せすぎではないか？」

「そうでしょうか？　このようなドレスを着ている方は、ほかにもたくさんいらっしゃいますけど」

「ほかの女のドレスなどどうでもいい。君だけは、俺以外の男に極力肌を見せないでほしい」

「……分かりました」

「これからは、俺の前だけで着てくれ」

そう囁きつつ、イライアスがレイラの腰に手を回してくる。思わせぶりな手つきで、腰から太ももにかけてのラインをスッと撫でられた。

真っ昼間だというのに、甘い空気が漂っている。

「あの、イライアス様」

「なんだ？」

危険を感じたレイラが、体を密着させてくるイライアスを遠ざけようとしたとき。

「陛下〜っ！　どこに行かれたのですか〜っ！」

遠くから、叫ぶ男の声がした。

先ほど、イライアスとともにいた従者だろう。

「イライアス様、早くお戻りにならないと」

「チッ、もう気づかれたか」

レイラの首筋に顔を埋めようとしていたイライアスが、残念そうにため息をつく。

「仕方がない。続きは夜に」

耳元で甘い声を出すと、イライアスは納屋を離れ、王宮の方へと去っていった。

吐息のかかった耳がじんと熱を帯び、体の奥が疼《うず》いている。

毎夜のように抱かれているせいか、この頃は、イライアスが与える些細な刺激にすら体が反応するようになってしまった。

レイラはその場にとどまり、火照った体が冷めるのを待つことにする。

と、そのとき。

――ガサッ！

頭上から物音がして、レイラはハッと上を見た。

木の上に立つ黒い人影が、視界に入る。その直後――

「レイラ！」

イライアスの声が聞こえ、ドンッという衝撃とともに、体ごと突き飛ばされた。

同時に、モフッとした懐かしい感触が体を包み込む。

突然のことに、しばらくは理解が追いつかなかった。

かろうじて理解できたのは、突然現れた逞しい銀色の狼が、レイラをかばうようにして立っているということだけ。

琥珀色の鋭い瞳に、フサフサに伸びた銀色の毛、屈強な四本脚。

鋭い牙を剥《む》き出し、前方を睨んで、「グルル……」と威嚇の声を上げている。

それは、久々に見る、イライアスの獣化した姿だった。

(アンバー！　こんなに大きくなって！)

懐かしさに感動しながらも、彼の視線の先を目でたどったレイラは、先ほどまで自分がいた場所に石が落ちているのに気づいた。頭に当たったらひとたまりもないような大きさである。

危険な目に遭ったばかりのレイラを労わるように、銀色の狼が頬ずりをしてきた。

それから、顔全体をペロリと優しく舐めてくる。

「アンバー、助けてくれたのね。ありがとう」

レイラは思わず昔の口調になって、彼の体にぎゅっと抱き着いた。

(ああ、このもふもふ！　やっぱり最高だわ)

体が大きくなったのだから、当然のことながら、もふもふの威力も増している。

ここぞとばかりに、レイラは久しぶりにアンバーのもふもふを堪能しようとした。

と思ったのも束の間、もふもふの感触があっという間に消え、硬い男の胸板へと変わってしまう。

「あれ？」

「全速力で君のもとに駆けつけるため、久々に獣化したが、もう戻ってしまったか」

レイラを抱き返しながら、人間の姿に戻ったイライアスがつぶやいた。

「残念ながら、昔よりも獣化能力が衰えてしまったんだ。あの頃は、人間の姿を忘れるほど長い間獣化していられたが」

それから、イライアスは上空に目を向ける。

「それにしても、こんなところから石が落ちてくるなんて、どういうことだ？　まさか、レイラを狙ったのか？」

睨むようにして、周囲をくまなく観察するイライアス。だが、どこにも人の気配はない。

「きっと、カラスの仕業です。木の上に物を隠すって言いますし。私を狙ったわけじゃないと思います」

「そうとは言い切れない。王宮内の警備を強化しないといけないな。そして君も、たとえ敷地内であろうとも、なるべくひとりでは出歩かないようにしてくれ」

「分かりました」

そう答えながら、レイラは内心ホッと胸を撫で下ろしていた。

敷地内を歩いている際、頭上から石が落ちてきたのは、実はこれで五回目である。

はじめこそ怯えはしたが、あるときレイラは、石が自分を避けて落ちていることに気づいた。

狙われているようでも、絶対に当たらないのだ。

今回はイライアスが素早く助けてくれたから分からなかったものの、その場にいても、当たりはしなかったと思う。

おそらく、何者かが、レイラの恐怖心を煽って城から追い出そうとしているのだ。

その者にとって、レイラの存在は邪魔なのだろう。

唯一の救いは、その者が、本当の意味でレイラに危害を加えるつもりがないという点だ。

(頭上から石が落ちてきたのは初めてじゃないなんて言ったら、きっと心配なさるわ。黙っていた方がいいわね。そういえば——)

思い出したレイラは、イライアスから離れ、そっと石を拾い上げる。ずっしりとした重みのあるそれからは、どこかで嗅いだような匂いがした。

(やっぱり、この匂い)

レイラが複雑な気持ちになっていると、イライアスが近づいてきた。

「何をしている？　どうかしたか？」

「いいえ、なんでもございません」

我に返ったレイラは、慌ててイライアスを振り返る。

だがその直後、今さらながらあることに気づいて真っ赤になった。

「い、イライアス様……。なぜ、何もお召しになっていないのですか？」

「ああ、獣化したからな。人間と狼では体の作りが違うから、服が破れてしまうんだ。やすやすと獣化できないのは、そういった理由からでもある」

イライアスの鍛え上げられた体が、真昼の光の下で、惜しげもなくさらされている。

抱き合っていたから気づかなかったが、どうやら下半身もほとんど裸に近いようだ。

それに――

（どうして大きくなっているのかしら）

「あの……」

「ああ、気づかれてしまったようだな。君とすれ違ったときからずっと、そこはそうなっていた」

いつの間にか再び身を寄せられ、耳元で熱っぽく囁かれた。

そのまま耳をベロリと舐められ、レイラは「きゃっ」と小さく悲鳴を上げる。

「レイラ」

逃げようとしたレイラを、イライアスが後ろからがっしりと捕まえた。

伸びてきた両手が胸の膨らみを揉みしだき、首筋にある番《つがい》の証を舌先でチロチロと刺激される。

「やぁ……んっ！」

「今は声は抑えて。君のかわいい声を他人に聞かれたくない」

レイラがハッと両手で口元を覆うと、その隙を狙って、片手がスカートの裾からもぐりこんでくる。

「こ、こんなところではいけません！　誰が見ているか……」

「限界なんだ。すぐ終わるから、少し我慢してくれ」

「そんな、ダメです――！」

抵抗もむなしく、あっという間にドロワースをずり下げられてしまった。

背後から蜜口に硬いものが当てられ、レイラは息を呑む。

燦々《さんさん》と日の降り注ぐ、真昼の庭園の一角。忘れられたような場所にある納屋の裏手でも、屋外というのは変わりなく、その行為をするのは罪なことのように思われた。

だが思いとは裏腹に、レイラのそこはすでに充分潤んでいて、あてがわれた剛直を欲している。

イライアスが、じらすように、蜜口に当てたそれを前へと滑らせた。奥に入れられた刺激ほどではないが、敏感な蕾がこすられて、たまらない疼《うず》きがレイラの体を駆け巡る。

「……んっ」

ずるっ、ずるっと、花びら全体をゆっくり行き来するイライアスの雄芯。悶えるような疼《うず》きが奥から湧いてきて、レイラは声を抑えるのに必死だった。

——早く、奥にほしい。

秘めた渇望を表すように、腰がゆらゆらと揺らいでしまう。

「かわいい尻が揺れているぞ。いい眺めだ」

いつの間にかスカートをたくし上げられ、臀部を剥《む》き出しにされていた。白くてまろい尻を撫でられながら、割り開くようにしてあり得ない部分をじっくりと観察され、羞恥でどうにかなりそうだ。

それでも、入りそうで入ってこないそれがもどかしくて仕方ない。

「レイラ、どうしてほしい？」

ぬちゃっ、ぬちゃっ、とぬかるんだあわいに自らの屹立をこすりつけながら、イライアスが意地悪く聞いてくる。ドレスの上から胸の先をつままれ、こねくり回されたら、もうたまらなかった。

「んぁっ、……れて、」

「なんだ？　聞こえないぞ」

「入れて……。あん……っ、イライアスさまのを、わたしの、奥に……」

レイラは背後にいる彼を振り返り、腰をひくつかせながら、真っ赤な顔で懇願する。

イライアスが目元を赤くし、「……くっ」と歯を食いしばった。

ズンッと、早急に最奥を突かれる。

「……ンん――っ！」

一瞬にして脳天に星が弾け、世界が真っ白になった。

腰がガクガクと痙攣し、追いすがるように納屋の壁に手をつく。

あっという間に果ててしまったレイラをあやすように、イライアスがちゅっと肩口にキスを落とした。それからレイラの腰をつかむと、ガツガツとむさぼるように穿ち始める。

「んん……っ！」

あまりの刺激に、何も考えられなくなる。

あられもない声を上げそうになるのを、レイラは唇を引き結んで必死に耐えていた。

「ああ、レイラ。いつの間にこんなに厭らしい体になったんだ……」

ズンズンとしきりに突き上げながら、イライアスが、今度は片手で陰核をつまみ上げてくる。

もう一方の手は、ドレスの襟ぐりから乳房を引きずり出し、直にやわやわと揉みしだいていた。

あらゆる刺激に追い立てられ、レイラはあっという間にまた昇りつめていく。

（おかしくなりそう……！）

すぐに終わると言っていたのに、イライアスはその後も激しく抽挿を繰り返した。

性欲の際限を知らない獣に、無抵抗のまま襲われているような状態である。

ようやく彼が果てたとき、レイラはもはや立つことすらままならず、ふらりとバランスを崩してしまった。

「すまない。君がかわいすぎて、また盛ってしまった。俺はどうしようもない男だな」

素早く抱きとめてくれた彼が、乱れたレイラのドレスを整えながら心底反省したように言うと、すぐにどこからともなくキースが現れた。

「新しいお召し物でございます」

「ああ、ご苦労」

（……え、キース？　いたの？）

イライアスは当然のように服を受け取っていたが、レイラはキースに見られていたのかもしれないという焦りでいっぱいだった。


そんな野外事件から数日後。

暇を持て余していたレイラは、その日も薬舎に向かおうとしていた。

すると、廊下をしばらく進んだところで、何者かに呼び止められた。

「これはこれは、レイラ様」

久々に会う、バッセル侯爵だった。

見るたびに高慢な印象を抱くのは、レイラが彼のことをあまりよく思っていないからだろう。

「バッセル侯爵。お久しぶりでございます」

「ちょうどよかった。私が主催した令嬢方のお茶会が始まる頃でして、よかったらレイラ様もと、誘いに来たところなのですよ」

「……申し訳ないのですが、私は行くところがございますので」

貴族の集う茶会など、平民のレイラにはハードルが高すぎる。

レイラはやんわりと断ると、すぐさま逃げようとした。

だがバッセル侯爵は、意外な速さで追いついてくる。

「ですが、レイラ様。王都に住まう上位貴族のご令嬢が、ほぼ全員集われるのですぞ。レイラ様も一貴族の端くれなら、参加した方が身のためです。王宮に滞在しながら参加しないとなると、お家の名声に傷がつきかねませんからね」

うすら笑いを浮かべるバッセル侯爵は、レイラが本当は貴族の出ではないことを知っているはずだ。それなのにそんなことを言うなんて、なんて嫌味な人なのだろう。

負けるものかと、レイラはあえてにっこり微笑んだ。

「それもそうですね。ですが――」

「幸いにもお茶会の開かれる部屋はすぐそこです。おや、もうほとんど集っておられるようだ。少しだけ寄っていかれませんか?」

結局うまく誘導され、半ば無理やりお茶会の部屋に押し込まれてしまった。

そこは、本宮の一角にある豪勢なテラスルームだった。

陽光の降り注ぐ大きめのアーチ窓からは、緑あふれる中庭がよく見渡せる。

令嬢たちはすでにテーブルに着いており、上品な笑い声を響かせていた。

真っ白なクロスのかけられた縦長のテーブルには、果実がふんだんにのったタルトや、クリームたっぷりのケーキなど、シェフこだわりのお菓子が並んでいる。

高価そうな銀食器に、艶やかなティーポットとティーカップ。

テーブルのそこかしこが色とりどりの花で彩られ、見るも華やかな光景だった。

赤に黄色にピンク色。令嬢たちの着ているドレスも、色鮮やかで高級そうだ。

どれもデコルテが大きく開いており、艶めかしさもある。

そのうえ皆が髪を流行りのアップスタイルに結い上げていて、真珠や花などで豪華に飾っていた。

（なんて美しいの。まるで、妖精たちの集いにでも来たみたいだわ）

あまりにも場違いな世界を目の当たりにし、レイラは言葉を失った。

レイラは今日、あろうことか、持っている中でも一番地味なモスグリーンのドレスを着ていた。

イライアスの指示どおり、襟元もしっかり詰まったものを選んでいる。髪も簡単にハーフアップにまとめただけだった。まるで、妖精の楽園にさまよい込んだ流れ者状態だ。

時間ギリギリに部屋に入ってきた、自分たちとは明らかに異なる装いのレイラを、令嬢たちがいぶかしげに見ている。

「あんなご令嬢、いらしたかしら？」

「それにしても地味なドレスね。おばあ様がよく着ておられるドレスにそっくりだわ」

令嬢たちが、扇子越しに、こそこそと噂し合う声がする。

レイラはすっかり肩身が狭くなってしまった。お茶会に連れていかれると知っていたなら、もう少しマシな恰好をしてきたのに……

入口でもじもじしていると、鮮やかな深紅のドレスを身にまとった令嬢が近づいてきた。

見事な金色の髪は緻密に結い上げられ、白いうなじにおくれ毛を落としている。目鼻立ちのはっきりとした、美しい女性だ。

「初めまして。私はリンガス公爵家のローズマリーと申します。あなたのお名前をおうかがいしてもよろしいでしょうか？」

「あ、はい。レイラ・ブライトンと申します」

おずおずと答えると、ローズマリーが長い睫毛を瞬いた。

「ブライトン様？　聞いたことのないお名前ね」

「田舎出身なもので、申し訳ございません」

貴族ではないので、これ以上追求されたら対処のしようがない。

レイラは背筋に冷や汗が伝うのを感じながら、誤魔化し笑いを浮かべた。

「あらそう。田舎のご出身でしたら、存じ上げなくて当然ですわ。このお茶会には、本来は上位貴族出身のご令嬢しか呼ばれませんのよ。田舎には、上位貴族はいませんでしょ？　この誉れあるお茶会に招待されて、幸運でしたわね」

「そ、そうなのですね……」

「それにしても、とてもレトロなデザインのドレスですわね。田舎では、そういったドレスが流行っているのかしら？　まあとにかくお座りになって」

ローズマリーが蔑むような口調で言ったとたん、そこかしこからクスクスと笑いが起こる。

どうやら馬鹿にされているらしいが、平民であることはバレていないらしい。

間もなくして、レイラはホッと胸を撫で下ろしつつ、席に着いた。

ローズマリーが挨拶の言葉を述べ、お茶会とやらが本格的に始まる。

令嬢たちは、優雅な仕草で紅茶を嗜《たしな》みながら、鈴の鳴るような声で会話に興じていた。

新米の侍女が使えないこと、舞踏会でどこぞの貴婦人のドレスが美しかったこと、誰と誰が愛人関係か。

どれもが、レイラにとっては未知の話題である。

「ほら、今は襟ぐりが丸いものが流行っているでしょ？　ですが、そろそろ四角いものが流行るらしいですわよ」

「まあ！　でしたらすぐにこしらえなければなりませんわ。もしものときに備えて、十着は必要ですわね」

（どうしよう、まったく話についていけないわ。ていうか、全然楽しくない。こんなことならバッセル侯爵から全力で逃げて、メアリーのところに行くべきだったわ）

レイラはますます肩身を狭くして、ひたすら目の前にあるスコーンを口に運んでいた。

ドライフルーツのたっぷり入った美味しいスコーンなのに、誰も手をつけようとしない。

並んでいる別のお菓子にも、令嬢たちは手を伸ばすことなく、話にばかり夢中になっていた。

すると、そんなレイラにローズマリーが話しかけてくる。

「あら、レイラ様、よく食べられるわね。田舎にはないお菓子なのかしら？」

「あ、はい。美味しくてつい……」

「いいのよ、どんどんお食べになられて。けれど、殿方の前でもそのような大食いでは、礼儀知らずと呆れられてしまうわよ」

ローズマリーの物言いに、また周囲の令嬢たちがクスクス笑う。

どうやら、こういったお茶会の席では、食べないのが淑女のマナーのようだ。

（知らなかった。でも、もったいないじゃない）

貧乏性のもったいない精神が、また頭をもたげてしまう。

せっかくシェフが腕によりをかけて作ってくれたのに。食べてもらった方が、彼らも嬉しいのではないだろうか？

令嬢たちの話題は、次第にイライアスのことへと移っていった。

「そういえば、この間の式典の際、陛下をご覧になった？」

「もちろん。素敵でしたわ！　相変わらず端整なお顔立ちですわよね」

「ええ、本当に。年々男らしさに磨きがかかって、お見かけするたびに見惚れてしまいます」

令嬢たちが、うっとりとした表情で、口々にイライアスを褒めそやす。

するとローズマリーが、金色のおくれ毛を弄びながら勝ち誇ったように言った。

「私、この間陛下にお声をかけられましたの」

「まあ！　陛下が女性にお声をおかけになるなんて、珍しいですわね。ローズマリー様、気に入られているんじゃなくて？」

「そうかしら？　またどこかでお会いしましょうとは言われましたけど」

「それはローズマリー様に興味を持たれた証拠ですわ！　陛下とローズマリー様なら、

きっとお似合いですわね。お妃候補にもお名前が挙がっているとうかがいましたし」

色めき立つ令嬢たちに向かって、優美に微笑むローズマリー。

「きっと、お父様が文官長であられるバッセル侯爵様と親しくしているからですわ。それに、お妃候補は私だけではございませんのよ？　皆様、来月の王宮での舞踏会の招待状はお受け取りになられました？」

「ええ、受け取りました。とても楽しみですわ」

「私もです。今特注のドレスを作らせているところなのですよ」

「私もですわ」

ローズマリーの問いかけに、令嬢たちが次々と頷いた。

「どうやら陛下は、その舞踏会でお妃をお選びになられるそうよ？　ですからお妃候補に挙がっているのは、厳密には私だけではございませんの」

「まあ！　本当に！」

「お妃選びだなんて、緊張しますわ！」

悲鳴に似た歓喜の声が、部屋いっぱいに広がる。

「それでも、ローズマリー様が第一候補なのには変わりございませんでしょう。こんなにも優雅で美しく、教養高くいらっしゃるんですもの。そのうえ、名だたるリンガス公爵家のご令嬢なのですから、陛下も間違いなく意識しておられることと思いますわよ」

「そうかしら」

ローズマリーを中心に沸き立つ令嬢たちの中で、レイラはひとり、無言のままうつむいていた。

(やっぱり、イライアス様はもうすぐお妃をお決めになられるのね)

噂は何度も耳にしていたし、とっくに覚悟できていたはずなのに、どういうわけか胸がえぐられたように痛む。

すると、話に入ってこないレイラに、ローズマリーが不審そうに声をかけてきた。

「レイラ様は、舞踏会の招待状はお受け取りになられました？」

「いいえ。いただいていません」

レイラは、静かにかぶりを振った。

「あら」

ローズマリーが、さも悪いことを聞いてしまったかのように、突如しおらしくなる。

「気がきかなくてごめんなさい。田舎に住まわれているんですものね。きっと、遠方までは招待状を手配できなかったのでしょう」

「いいえ、大丈夫です。当然のことですから、お気になさらないでください」

わざとらしく詫びを入れるローズマリーに、レイラは頑張って微笑みかけた。

終始疎外感を抱いたまま、お茶会は終わった。

ほんの一時間程度だったのに、まるで一日を終えたかのような疲労感だ。

お開きになっても室内に残って笑い合っている令嬢たちの中から、レイラはそっと抜け出す。

肩を落としたまま廊下を歩んでいると、「お疲れのようですね」と背中から声をかけられた。

まるでレイラを待ち構えていたかのように、バッセル侯爵がしたり顔で立っていた。

「お茶会は、お楽しみになられましたか？」

「ええ、まあ。お誘いくださりありがとうございました」

レイラは曖昧に笑って、早々にその場を立ち去ろうとした。

だが。

「お待ちください」

声のトーンを一段下げたバッセル侯爵に、再び呼び止められる。

振り返ると、バッセル侯爵が、分かりやすいほど嫌味な笑みを浮かべていた。

「これで、少しは身のほどをお知りになられましたか？」

平然と、そんなことを言い放つバッセル侯爵。

今までは遠回しだったが、直球で悪意を向けられ、レイラはすぐさま身構えた。

「どういう意味でしょう？」

「先ほどのご令嬢方は、陛下のお妃候補として、名前の挙がっている方々です。どのご令嬢も、申し分ない身分と教養をお持ちですからね。あなたは、陛下の特異な体質のせいでご寵愛を受けていると勘違いなさっているのかもしれませんが、所詮はそれまでのこと。妃には到底なれません」

バッセル侯爵の裏表のない言葉が、鋭い刃となって、レイラの胸に刺さる。

身分が低いということは、これほど卑下されるまでに罪なのかと、悲しくなった。

彼の胸元では、まるで勝利を宣言しているかのように、格式高きバッセル侯爵家の、羽根の紋章が光っている。金に輝く紋章は、上位貴族の証だ。

「……それは、重々承知しております」

「あなたには、お世継ぎを産むためだけの器だという自覚を、しっかり持っていただきたい。本来は、爵位もない家の娘が、城にいること自体考えられないのですから」

由緒あるザルーラ王室は、権威主義で、身分の低い人間は塵《ちり》同然に扱われる。

没落貴族しかいない田舎の出だと告白しただけで、態度を変えた先ほどの令嬢たちも、そのような考えの中で育ってきたのだろう。

　バッセル侯爵は、イライアスが上位貴族の令嬢との間に子を生せないのを、相当悔やんでいるようだ。大事な世継ぎに下賤の血が混じってしまうのが、どうしても許せないに違いない。

「もちろん、分かっております」

「本当でしょうか？　陛下はあなたを妃にと思っておられるようですぞ」

「……え？」

　思いもかけないことを言われ、レイラは言葉を詰まらせた。

　そんなレイラの態度を見て、バッセル侯爵が「しらじらしい」と鼻で嗤う。

「どうせ、あなたがそそのかしたのでしょう」

「そんなこと、していません！」

「どうだか。とにかく、由緒あるザルーラ王室において、平民の出の娘が妃になるなど考えられない事態です。もしもあなたが妃になったとしたら、貴族からの激しい反発に遭い、王室の存続すら危うくなるでしょう」

　そこでバッセル侯爵は、軽蔑を通り越した哀れみの目をレイラに向けた。

「陛下があなたとしか子を生せなくなってしまったのは、幼い頃の出来心であなたを選んでしまったからにすぎません。あなたと閨《ねや》をともにしたがるのは本能からであり、あくまでも生殖対象としかご覧になっていないことを、忘れないでいただきたい」

バッセル侯爵と別れたレイラは、呆然としながら、当初の予定どおり薬舎に向かった。

気持ちが沈んでいるのは、上位貴族の令嬢たちに圧倒され、自分のみじめさを思い知ったからだけではない。

イライアスはあくまでもレイラを生殖対象としか見ていないというバッセル侯爵の言葉も、頭の中から消えてくれなかった。

「ハア……」

薬舎へと続く林を歩きながら、悶々と考える。

知らず知らずのうちに、首筋にある番《つがい》の証に触れていた。

(たしかに、バッセル侯爵の言うとおりだわ)

残虐王の異名を持つイライアスは、その名が示すように他人に対しては冷酷だが、レイラにだけは特別優しい。

閨《ねや》のときも、何度もかわいいと称賛して、体中をくまなく愛してくれる。

だがそれは、レイラが彼の番《つがい》だからであって、本当の意味で愛されているわけではない。

イライアスが子供の頃、出来心で首筋に噛みつかなかったら、今頃レイラはこの場所にいなかっただろう。

イライアスも、問題なく上位貴族の令嬢との間に世継ぎが作れたはずだ。

（あのとき、噛まれてさえいなければ……）

だが、噛まれていなければ再会することもなかった。

レイラは、心の中で葛藤を続ける。

「レイラ！　やっと会えた！」

すると、前方から明るい少年の声がした。

クリストファーが、こちらに向かって嬉しそうに駆けてきている。

すぐ後ろには、帽子をかぶった友人のカールもいた。

「クリストファー様、お久しぶりですね」

「ああ、そうだな。会いに行く時間がなくて、本当に困っていたんだ。ようやく、なんとかここに来ることができたよ」

レイラの前まで来たクリストファーが、苦虫を噛みつぶしたような顔で言う。

彼の言葉どおり、会うのはともに城内試合を観戦して以来だ。

カールが、ふてくされているクリストファーに、労わるような視線を向けた。

「最近、陛下のご命令で、クリストファー様はお勉強の時間が倍になったのですよ」

「そうなんだ。兄上のことは尊敬しているが、今回ばかりは嫌いになりかけてるぞ」

甘えるように、レイラにすり寄るクリストファー。

反射的にレイラは、彼の金色の頭を撫でそうになったが、はたと手を止めた。

イライアスに、自分以外の者の頭を撫でないでほしいと言われたのを思い出したからだ。

(もしかしてイライアス様は、クリストファー様にヤキモチを焼いて、嫌がらせのように勉強の時間を倍にしたのではないかしら)

そんな考えが頭をよぎったが、すぐに考え直す。

さすがに、うぬぼれにもほどがある。

それに、賢王と名高き彼が、そんな大人げない仕打ちをかわいい異母弟にするはずがないではないか。

「陛下は、クリストファー様の将来に期待なさってるんですよ。クリストファー様は、とても聡明でいらっしゃいますもの」

「レイラはそう思うのか?」

「はい。きっと将来は、ともに国を担っていきたいと考えておられるのではないでしょうか」

微笑みかけると、とたんにパッと顔を明るくするクリストファー。

「そうか。レイラがそう言うなら、勉強を頑張ろうかな」

少し顔を赤らめながら、そんなことを言うクリストファーが、レイラはかわいくて仕方がない。

むぎゅっと抱きしめたいところだが、またイライアスの言葉を思い出して、ぐっと耐えた。

そこでクリストファーが、無邪気な表情を一変させ、慮るようにして聞いてくる。

「ところでレイラ、何かあったのか？」

「え？　どういうことですか？」

「先ほどまで、思いつめたような顔をしていたが」

澄んだ琥珀色の瞳にじっと見つめられ、レイラは思わず息を呑んだ。

まだ顔立ちにも言動にもあどけなさの残る少年だが、由緒正しき王室の血を引いているだけあって、ときどき思いがけない洞察力を見せることがある。

「そう見えましたか？　やはり、クリストファー様は聡明でいらっしゃいますね」

「やはり悩んでいるのだな。僕でよかったら話を聞こう」

聞く姿勢満々なクリストファーを前に、レイラはたじろいだ。

まさか、イライアスとの複雑な関係を、彼に相談するわけにはいかない。

「……大人の事情ですので。クリストファー様がもう少し大きくなられたらご相談させてください」

「なんだよそれ、子供扱いするな！」

先ほどまでの態度はどこへやら、とたんに怒り出すクリストファー。

（どうしよう。余計なこと言ったから、怒っちゃった）

レイラがうろたえていると、「クリストファー様」と横からそっとカールが話に入ってきた。

「女性には、男性には話したくないこともあるのです。レイラ様のお気持ちを理解してあげてください」

クリストファーと同じ視線の高さになるよう膝を折り曲げ、柔らかな口調でそう告げるカール。

「男性？　レイラは、俺のことを男として見ているのか？」

「もちろんですよ。ね、レイラ様」

「あっ、はい。そのとおりでございます」

レイラが慌てて頷くと、クリストファーの顔が、みるみる誇らしげになっていく。

コロコロと機嫌の変わる、純粋で分かりやすい少年である。

その様子は、レイラといるときのイライアスを思い起こさせる部分があった。

とにかく、カールのおかげで窮地を切り抜けることができたようだ。

（カール様って、私よりしっかりしてるかも）

感謝しつつカールを見ると、思いがけず目が合った。

すぐに、レイラの気持ちを分かっているような大人びた笑みを浮かべるカール。

その余裕たっぷりの行動に、レイラは思いがけずドキッとしてしまった。

（本当に、怖いくらい大人びてるわ。どんな育ち方をしたらこうなるのかしら？）

「どうした？　なんでカールと見つめ合ってる？」

「いいえ、なんでもございません。そういえばクリストファー様、手の腫れと痒みはどうですか？」

誤魔化すように、レイラは話題をすり替えた。

「ああ、もうすっかりいいぞ。レイラの作る薬は本当によく効くな」

以前は真っ赤に腫れていた手の甲を見せてくるクリストファー。

彼の言うとおり、きれいで滑らかな肌に戻っている。

「今度、また狩りの見学に行くんだ。もしものために、もう一本あの薬をくれないか？　あんな痒いのはもうごめんだからな」

「いいですよ。新しく調合したものが何本かありますので、明日にでもお届けします」

「本当か？　なら、カールのところに届けてほしい。薬の管理はカールに任せているからな」

「分かりました」

クリストファーの出来事がきっかけで、レイラは薬舎の一角を借りて、定期的に万能薬を調合していた。常備薬として、薬舎の棚にも置いてもらっている。

以前のように売って生活の糧にする必要もないから、必ずしも作らないといけないわけではない。

だが、子供の頃から毎日のように万能薬を作ってきたレイラにとってはくせのようになっていて、やめられないのだった。


クリストファーとカールと別れたレイラは、再び薬舎に向かった。

子供たちと話をしたせいか、沈んでいた気持ちが少し楽になっている。

すると、薬舎の入口で、そわそわした様子のメアリーと出くわした。

メアリーはレイラに気づくと、パッと表情を変えて駆け寄ってくる。

「レイラ、遅かったじゃない！　待っていたのよ！」

「そんなに慌てて、どうかしたの？」

メアリーはたいてい薬舎内にいて、薬の調合に勤しんだり、書物を読みふけっていたりする。

だからこんなところで待ち伏せされるのは、異例のことだった。

するとメアリーが、レイラに何かを差し出してきた。

レイラが彼女に貸していた、万能薬の調合法が記された文書を保管している小箱である。

「ついに解読できたの、この文書」

「本当？　すごいわ、メアリー！」

凄腕の王宮薬師だったらしいレイラの曾祖父が書いた万能薬の調合法は、あらゆる年代の薬示《やくじ》記号を用いて複雑に書かれており、素人のレイラには読めたものではなかった。

それを、勉強熱心なメアリーは、ついに解読してくれたらしい。

「それがね、ちょっとした発見があったのよ。どうやらあなたが作っている万能薬は、万能薬ではないらしいの」

「どういうこと？」

「あの薬は、本当は傷薬らしいわ」

「傷薬？　そうだったのね、知らなかったわ」

レイラは感心しながら頷いた。

万能薬と聞いていたからそう思っていたものの、本来は傷の治癒専門の薬だったらしい。

(たしかに、傷痕にはとりわけよく効くものね)

年月を経るに従い、傷以外にも効果があると分かって、万能薬と呼ばれるようになったのだろう。

「作り方は、レイラが教えてくれた方法とほとんど変わりなかったわ。でもね、ここに書いてある後記が妙なのよ」

メアリーが、眉をひそめて取り出した文書の下方を指さす。

「狼の噛み痕を治癒するために開発したと書いてあるの。でも、狼って野山に出没するものでしょ？　王宮薬師だったレイラのひいおじい様が、狼の噛み痕の薬を開発するのは少し変じゃない？　気になって調べたんだけど、レイラのひいおじい様が活躍されていた百年ほど前に、城や王都に狼が出没したなんて記録は残っていなかったわ」

「たしかに、それは変ね」

そう答えつつも、レイラは心に引っかかりを覚えていた。

狼というと、先祖返りの獣人王であるイライアスを、否が応でも思い出してしまう。

キース曰く、ザルーラ王室がもとは獣人の血筋だという事実は、民衆はおろか、城の人間ですらほとんど知らないらしい。

だから、ザルーラ王家にごく稀に獣人の性質を持った子供が生まれることを、メアリーが知る由もないだろう。

（そういえば、イライアス様はおよそ百年ぶりの先祖返りの子供だと、キース様がおっしゃっていたわ）

およそ百年前に開発された不可思議な狼の噛み痕の治癒薬と、およそ百年前にいたはずの先祖返りの王族。

これは、偶然の一致ではないように思う。

（おそらくひいおじいさんは、百年前にいた王家の方のために、あの薬を開発したんだわ。狼の噛み痕の治癒薬って、もしかして……）

ドクドクと高鳴る心臓の音とともに、指先が自分の首筋に伸びていた。

そこには、イライアスにつけられた朱色の番《つがい》の証が、今もくっきり残っている。

「番《つがい》の証を治癒する薬なの……？」

ドクンと、ひときわ大きく心臓が鳴った。

それはつまり、番《つがい》の証をつけられても、薬で番《つがい》関係を解消できるということだろうか？

「ん？　何か言った？」

「いいえ、なんでもないわ」

興奮のあまり、思わず声に出してしまい、レイラは笑って誤魔化す。

どうにか平静を装ったものの、真実が知りたくて、いても立ってもいられなくなっていた。

「メアリー、解読してくれてありがとう。万能薬が本当はどんな薬か分かって、すっきりしたわ」

「私の方こそ、貴重な文書を解読できて光栄よ。大事な家宝を、信頼して長らく貸してくれて、本当に感謝するわ」

メアリーと話したあと、レイラは薬舎で時間をつぶす気分にはなれず、文書を持ち帰るという理由で部屋に引き返した。

ベッドにぼんやりと身を横たえながら、あの薬が本当に番《つがい》の証の治癒薬か否か、考えを巡らせる。

（そうだわ。とにかく塗ってみればいいんじゃない。それで番《つがい》の証が治癒されれば万事解決よ）

アンバーに噛みつかれたあと、万能薬を塗ろうとは思ってもみなかった。痛くも痒くもなかったし、噛み痕も目立つものではなかったため、放置していたのだ。灯台もと暗しと言うべきか、そこには気づかなかった。

番《つがい》の証が消えれば、イライアスがレイラに執着することもなくなるはずだ。無事、王妃との間に世継ぎが作れて、ザルーラ王家は安泰となる。

レイラは、さっそく万能薬を首筋に塗ろうと思い立った。

だがあいにく、万能薬はすべて薬舎に置いており、この部屋にはない。先ほど薬舎から持ち帰ればよかったものの、動揺のあまり頭が回らなかった。クリストファーにも注文されているのだから、思い出してもよかったはずだ。自分の要領の悪さに呆れながら、レイラはベッドから身を起こし、薬舎に戻ることにした。

広い城内の外れにある薬舎までは、なかなか距離がある。しかも、この部屋は本宮のもっとも奥まったところにあるため、より気合いが必要だ。

日に二度も往復するのは、なかなかの労力だった。

世継ぎ作りという秘密の任務を抱えているわけだから、特別分かりにくい場所にレイラの部屋があてがわれたのは、頷けるところだが。

（そういえば、この部屋って、病気がちだった三代前の王女の部屋だったのよね）

ふと、以前キースから聞いた話を思い出した。

（三代前って、だいたい百年くらい前？）

その瞬間、胸がざわついた。

およそ百年前に存在した、イライアスと同じ先祖返りの王室の人間。

それは、誰だったのか？

（まさか……）

降って湧いた予感をたしかめるために、レイラは、部屋の壁一面に広がる書架に向かった。

以前少しだけ読んだ、三代前の王女の日記帳を手に取る。

古ぼけた薄紅色の革製の表紙には、よく見ると、下の方に名前が印字されていた。

どうやら、かつてこの部屋の主だった王女の名前は、アニエスというらしい。

ドキドキしながらページを捲《めく》ると、すぐに決定的な記述にたどり着いた。


今朝も、突然獣化した。

この頃は安定していたのに、また調子が悪くなってきたみたい。

公務に連れていけないから、今日も一日部屋にいるよう、お父様に命ぜられた。

どうして私だけ、こんな特異な体質なの？

お父様に申し訳が立たない。

あの人が、またザクロムの花を持ってきてくれた。

この青い花のように、人前で美しく咲き誇れる人間になりたい。


（やっぱり！　アニエス王女もイライアス様と同じ先祖返りだったのね）

興奮のあまり、動悸がする。

レイラは、夢中で日記を読み進めた。

どうやら、イライアスと違って、アニエス王女はうまく獣化をコントロールできなかったようだ。気分の変化で突然獣化することがあるため、父王に咎められ、人々の目から遠ざけるように、本宮の奥まった場所にあるこの部屋に半ば監禁されていたらしい。

そんな彼女の心の癒しとなったのは、ザクロムの花とともに繰り返し出てくる〝あの人〟のようだった。


今日は一日獣化することなく過ごせた。

あの人の治療のおかげだ。

知らなかったけど、ザクロムの花の香りにも、獣化を防ぐ効果があるみたい。

徐々に効いてきた、とあの人は笑っていた。

これなら、トバランド王国への輿入れにも問題ないだろうと。

だけど私は内心複雑な気分だった。

毎日あなたが部屋に来ることばかり考えていると言ったら、あの人を困らせるだろうか？


（アニエス王女は、きっと〝あの人〟に恋をしていたのね）

日記にはアニエス王女が〝あの人〟に惹かれる様子が、赤裸々に書かれていた。

だがどうやら、アニエス王女には、婚約者がいたらしい。それが隣国トバランドの第二王子である。

当時のトバランドは強国で、和平のために決められた婚姻だったのだろう。ちなみにトバランド王国は数年前にイライアスが降伏させ、現在はザルーラ王国の一部になっている。

（〝あの人〟は、医師か何かだったのかしら？）

禁断の恋物語を読んでいるような気分で、ドキドキしながらページを捲《めく》る。

そしてレイラは、とあるページで息を呑んだ。

『ハロルド、愛してる』——そんな記述を見つけたからだ。

「ハロルドって……」

どうしようもなく、胸が震えた。

ハロルド・ブライトンは、元王宮薬師で、レイラの曾祖父にあたる人物だ。

アニエス王女が恋していたのは、あろうことかレイラの曾祖父だったらしい。

今日、ハロルドの首に噛みついた。

どうしてだか分からない。とにかく噛みつかなきゃいけないと思ったの。

噛みついたあと、傷つけたかと思って後悔したけど、彼は平気だと笑ってくれた。

とても素敵な笑顔だったわ。

気づいたら我慢できなくなって、彼に抱き着いてキスをしていた。
彼もそれに応えてくれた。まるで夢のような時間だったわ。
ハロルド、愛してる。
あなた以外の人に抱かれるなんて考えられないし、
あなたが私以外の人を抱くことにも耐えられない。
あなたが一生私のものであるように、私も一生あなたのものなの。
これはもう、決まったことなのよ。
本能が、そう教えてくれた。

「噛みついたって、まさか……」
きっとそうだ、アニエス王女は薬師のハロルドに恋をして、彼に番《つがい》の証をつけたのだ。
そしてハロルドとの関係は、切っても切れないものになってしまった。
それ以降、日記はハロルドへの熱烈な愛の言葉であふれていく。
だが、アニエス王女は婚約者のいる身。凄腕薬師だったハロルドは行く末を懸念して、
思わぬ行動に出る。

今日、ハロルドが残酷なことを告げてきた。

彼につけたあの番《つがい》の証を消し去る薬を開発している最中だと。

薬が完成すれば、私は彼以外の人にも問題なく抱かれることができると。

愛している人に、こんなことを言われるとは思わなかった。

狂ったように泣いて、彼の研究室をめちゃくちゃにしてやったわ。

そんなの、絶対に許さない。


番《つがい》の証を消し去る薬とは、おそらく、レイラが万能薬と呼んでいたあの薬のことだろう。

いったいどうなったのかとハラハラしながら、レイラは急いでページを捲《めく》った。

すると、事態は翌日に急展開を迎える。

薬の完成を待たずして、アニエス王女と薬師ハロルドの関係が、国王に知られてしまったのだ。

その、さらに翌日の日記。


命がけで、ハロルドを地下牢から逃がした。

ハロルドは拒んだけど、私がそれを許さなかった。

ハロルドが殺されるなんて考えられない。

彼なしでは生きていけない。

もう一生会えなくても、あなたは永遠に私の番《つがい》。


日記はそこでプツリと途絶えていた。

どうやら、王女との許されぬ関係ゆえ国王の怒りを買ったハロルドは、地下牢に捕らえられたらしい。だが、アニエス王女の助けで逃げ出したようだ。

行先は、〝死霊の森〟で間違いないだろう。

「なんて悲しい話なの……」

アニエス王女のことを思うと、レイラはいたたまれなくなる。

王女はきっと、その後かねてからの婚約者と結婚したのだろう。

ハロルドは傷薬を完成させ、人知れずアニエス王女との番《つがい》関係を解消した。

そして別の女性と結婚し、代々ひっそりとあの森で血を繋げてきたのだ。

薬の調合法を、親から子へと受け継ぎながら。

(愛し合ってるのに、別々の道を歩む決意をしたなんて)

番《つがい》の意識は獣人にのみ生じ、つけられた側の人間に変化はもたらさない。

だが、愛していない人のキスに応えはしないだろう。

ハロルドも、アニエス王女を愛していたのだ。

――レイラが、イライアスを愛しているのと同じように。

だが身分差ゆえに苦悩し、ハロルドは薬を開発して、アニエス王女との番《つがい》関係を解消した。

今の自分に重なるところがあって、レイラは複雑な気持ちになる。

(とにかく、万能薬を噛み痕に塗れば、イライアス様との番《つがい》関係は解消できるのね)

改めてそう確信し、万能薬を取りに薬舎に向かうため、部屋を出ようとした。

ところが、直前でドアをノックされる。

「レイラ、いるのか？」

イライアスの声だった。驚いたレイラは「イライアス様？」と上ずった声を出した。

「どうした？　こんなところに立って」

ドアを開けたイライアスが、入口付近にたたずむレイラを見て不審な顔をした。

「ちょっと、出かけようとしていたところです。イライアス様こそ、こんな時間にどうされたのですか？」

イライアスは毎夜のようにこの部屋を訪れているが、昼に来たことは今まで一度もない。

違和感を覚えていると、イライアスが心配そうにレイラの顔を覗き込んできた。

「噂で聞いたぞ。茶会に参加させられたそうじゃないか」

「あ、はい。バッセル侯爵に誘われたので……」

まさか、そんなことの確認のために、忙しい政務の合間を縫ってわざわざ部屋に来たのだろうか？

「浅ましい女ばかり集められていたと聞いた。退屈だっただろう？　大丈夫か？　嫌な思いをしていないか？」

つまりイライアスは、貴族令嬢の中に放り込まれたレイラが、つらい思いをしたのではないかと心配してくれているらしい。

平民のレイラはマナーや作法を心得ていないし、貴族令嬢とは話が合わないのを、分かっているのだろう。

（国王ともあろうお方が、そんな些細なことを気にかけてくださるなんて）

イライアスの優しさが、深く身にしみる。

実際は、イライアスの懸念どおり、結果はさんざんなものだった。

だが、悪いのは令嬢たちではない。

バッセル侯爵が言っていたように、そもそもレイラがこの城にいること自体が間違っているのだ。

レイラは、彼に気苦労をかけまいと朗らかに笑った。

「ありがとうございます。でも、嫌な思いなどしていません。皆様きれいでお優しく、素敵な女性ばかりでしたから」

レイラさえいなくなれば、あの中の誰かが、王妃の座に収まるのだ。

お茶会で話題にもなっていたように、ひときわ目立っていたローズマリーが、最有力候補に違いない。

レイラを番《つがい》と認定しているため、イライアスはほかの女性に嫌悪感を抱いているが、番《つがい》関係が解消されればそんなこともなくなる。だから、彼女たちの印象を悪くしてはならない。

そもそも、上位貴族として、きちんとした淑女教育を受けた彼女たちの方が、よほど王妃にふさわしいのだから――

「そうか。それならよかったが」

腑に落ちないような表情を浮かべるイライアス。

そのとき、ドアの向こうから「陛下、どこに行かれたのですか！」という侍従の声がした。

また侍従を困らせて、レイラのために突飛な行動に出たらしい。

「探しているようです。早く行かれてください」

レイラも、すぐに薬舎に行かなければならない。

「どうした？　せっかく会えたのに、俺をさっさと追い出したいみたいだな。どこに行くつもりだ？　何かあったのか？」

さすがは賢王というべきか、獣の勘が働いたというべきか。

イライアスはすぐにレイラの様子がおかしいのを察知したようで、鋭いまなざしで、部屋をぐるりと眺め回す。

そして、ある一点で目を止めた。

「あれはなんだ？」

ベッドの上に置いたままの、アニエス王女の日記帳だ。

慌てて片づけようと急いだが、レイラよりもイライアスの方が速かった。

「アニエス王女の日記？　なぜこんなものを読んでいる？」

「それは――」

「何があったか話せ。子供の頃からの仲なんだ、君だけを見てきた俺の目を侮るな。君の様子がおかしいことくらい、すぐに分かる」

そんな、優しいことを言わないでほしい。

本当の意味で、レイラを愛しているわけではないのに――

「……話すわけにはいきません」

「ダメだ、話せ。話すまで、俺はここを動かない」

イライアスの目は本気だった。

「陛下！　どちらですか？」

侍従の声が再び聞こえてきて、レイラはついに観念する。

そして、たどり着いたばかりの真実を、すべてを彼に話した。

先祖返りの獣人気質だったアニエス王女が、王宮薬師だったレイラの曾祖父と恋仲だったこと。

曾祖父が、アニエス王女との番《つがい》関係を解消するために、万能薬と呼んでいたあの薬を開発したこと。

話を聞き終えたイライアスは、しばらく無言のまま、眉をひそめてレイラを見つめていた。

「それでレイラは、これからどこに行って何をするつもりだったんだ」

もはや言い逃れのできない状況に追い込まれたレイラは、しぶしぶ白状する。

「薬舎に行って、万能薬と呼んでいたあの薬を、首の噛み痕に塗るつもりでした」

イライアスの顔に、サッと影が差した。

「陛下、落ち着いて考えてください。あなたが私に執着なさるのは、子供の頃の戯れで番《つがい》の証をつけてしまったからです。そのため、王妃となられる方と体の関係を結べない、複雑な状況に追い込まれているのです。薬で私との番《つがい》関係を解消すれば、本来あるべき姿に戻れるのです」

「子供の頃の戯れだと……？」

イライアスが、低い声でつぶやいた。

「ええ、そうです。私との番《つがい》関係が無事解消されたあとは、どうか王妃となられる方に番《つがい》の証をつけてください」

「――違う女に噛みつけというのか？」

獣の唸りのような声で、イライアスが聞いてくる。

鋭い琥珀色の瞳が、静かな怒りをたたえていた。

レイラの背筋を、ゾクッと悪寒が走る。

このうえないほど彼を怒らせてしまったことに気づいたが、もうあとの祭りだった。

恐怖で、足が自然とじりじり後退する。

だが獲物を捕獲する肉食獣のように、イライアスの手が素早くレイラの手首をとらえ、身動きを封じた。

怒りに満ちた目とは裏腹な、見惚れるほど美しい笑みを向けられる。

その様子は、恐怖を通り越して、ひどく不気味だった。

「そうか。それで俺に違う女を抱かせて、君も違う男に体を開く気か」

「何も、そこまでは言っておりません」

「そう言ったも同然だ」

手首をとらえられたまま、反対の手で腰をグイッと引き寄せられる。

息苦しくなるほどきつく抱きしめられ、レイラは彼の胸の中で浅い呼吸を繰り返した。

彼の手が腰を流れ、スカートの上から、内股のあたりをまさぐってくる。それから、レイラの耳元で残酷なまでに甘く囁いた。

「俺しか知らないここに、ほかの男のものを咥え込もうと言うのだな。ダニエルとかいうあの男か？」

「そんな、彼は関係ありません……！」

脈絡もなくダニエルの名を口にされ、レイラは軽く拍子抜けする。

そんな彼女を、イライアスはますます深く胸に抱き込んだ。

息苦しさから逃れようとしても、身動きが取れない。

「陛下、苦しいです！　離して……！」

「名前で呼べと言っただろう」

耳元で、イライアスが苛立ったように言った。

それから、レイラ、レイラの首筋にある番《つがい》の証に唇を寄せてくる。

「ところでレイラ、君は俺が、君以外の女を妃に迎えるとでも思っているのか？」

「もちろんでございます」

「なぜそう思う？」

「なぜって……私は平民ですので。陛下のお子を産むことはできても、お妃になることはできません」

「本気で言っているのか？」

イライアスの声に、再び怒気が混ざった。

本気も何も、これは決定事項だ。レイラは世継ぎを産むためだけの器であり、王妃もしくは側妃になるなど、天地がひっくり返ってもあり得ない。

当たり前のことすぎて、反論の余地がなかった。

無言のまま、ただひたすら彼の力強い抱擁にじっと耐える。

するると、イライアスが耳元で苦しげにつぶやいた。

「俺は、君以外の女を娶るつもりはまったくない。俺の妻になるのはこの世でただひとり、君だけだ」

レイラが耳を疑ったのと、首筋に強い衝撃が走ったのは、ほぼ同時だった。

「……っ！」

番《つがい》の証の上にさらに噛みつかれたのだと気づくのに、数秒もかからなかった。

彼の腕の力が緩んだ隙に、噛まれたばかりの首筋に触れる。

間違いなく牙が肉を貫く感触がしたのに、痛くも痒くもない。

この独特の感覚には、たしかに覚えがあった。

「何を……」

イライアスの頭から、先ほどまではなかった獣耳が飛び出している。怒りを表すかのように、銀色の毛が逆立っていた。

その姿に、いつものような愛らしさは微塵もない。

「番《つがい》の証を消すのは許さない。何度でも君を追いかけて、繰り返し噛みついてやる」

こちらに向けられた視線のあまりの鋭さに、レイラは金縛りに遭ったかのように動けなくなった。

その隙に手を引かれ、ベッドの上に押し倒される。

間髪容れずに、着ていたドレスの襟元を容赦なく引きちぎられた。

弾むようにして、白い乳房がまろび出る。

「や……っ！」

彼には何度も裸を見られているが、こんな明るいうちから胸を露わにされるのは、やはり抵抗がある。腕で隠そうとすると、「隠すな」と両手を頭上でひとまとめにされた。

「厭らしい体を俺に愛撫されている様子を、しっかりその目に焼きつけろ」

イライアスはぎゅっと乳房を握ると、胸の先に向けて舌を伸ばした。

乱暴なようでいて、その行為はひどく優しかった。

乳頭をあやすように転がされたあと、今度は乳輪に沿って丹念に舐められる。

ゆっくりゆっくりと時間をかけていたぶられたそこは、まるで彼の愛撫に悦ぶように、これ以上ないほど硬く熟していった。

「いやぁ……」

白昼堂々見せつけられたその情景はあまりにも扇情的で、レイラは羞恥に耐えられなくなる。

だが、イヤイヤとどんなに首を振っても、イライアスは許してくれない。

それどころか、豊かな乳房をぎゅっと寄せて、両方の胸の先にいっぺんに舌を寄せてくる。

まとめてじゅうっと吸われると、もうたまらなかった。

胸の先から体の中心にかけてビリビリと稲妻が走り、頭の中が白い濃霧で満たされて、レイラはあっという間に果ててしまう。

「ほかの男に同じように愛撫されても、果てるのか？」

ちゅぽんと胸の先から唇を離したあと、濡れた唇を舐めながら、あざ笑うような口調でイライアスが言った。

瞳にはいまだ怒気がこもっていて、レイラは、今までにないほどの彼の怒りを思い知らされる。

だが、反論したくとも快感の余韻で声にならず、涙をにじませながら震えることしかできない。

そんな彼女を、いつものように労わろうともせずに、イライアスはあっという間にドレスを剝《は》ぎとってしまった。

窓から差し込む明るい光の中に、レイラのみずみずしい裸体がさらされる。

そんな彼女を、舐めるような目つきで眺めながら、イライアスが恍惚とつぶやいた。

「きれいだ、レイラ。この体なら、どんな男も夢中になるだろう」

今日のイライアスは、しつこいほど意地悪だった。

レイラが嫌がるようなことを、平気で口にする。

耐えられず、逃げようとして身をよじったレイラは、うつぶせになることに成功した。

だが、それまでだった。

伸びてきたイライアスの大きな手のひらが、レイラの背中を滑り、臀部を撫で回してくる。

尻の間に滑り込んできた指先が、恥毛のあわいに触れた。

口では辛辣なことを言うのに、その手つきはやはり怖いほどに優しい。

「あ……っ！」

くちゅ、と湿り気を帯びた音が室内に響き、男の指先に力がこもる。

「ああ、よく濡れてる。こんなになったのは、俺に胸を愛撫されたからか？　それとも誰とでもこうなるのか？」

慣らしもなく、いきなり蜜壺に指を入れられ、ズブズブと奥を突かれた。

すでに充分潤んでいたそこは、異物を難なく受け入れ、与えられる刺激に早くもひくついている。あまりの気持ちよさに、レイラは何も考えられなくなっていった。

「あっ、んんぁ、あっ……っ！」

恥ずかしい。

それなのに、彼をより深くに求めるように、自ずと腰を上げてしまう。

「自分から尻を突き出すなんて、厭らしいな。もっとほしいのか？」

熱のこもった声で、イライアスが囁いた。レイラの求めに答えるように、指が二本に増やされる。蜜壁をこする質量がより大きくなって、レイラの下腹部を溶かしていった。

「あん、んんぁっ、あ、あ……！」

「どんどんあふれてくる。すっかり厭らしい体になったな。どんな男を誘っても、涎を垂らして君のここに入りたがるだろう」

ぐちゅっ、ぐちゅっと、卑猥な水音を響かせながら、またしても意地悪なことを口にするイライアス。

「あ、んっ、そんなこと……」

イライアスがあまりにも執拗にいじめてくるものだから、レイラはだんだん悲しくなってくる。

あふれた涙が、頬を滑った。

「泣いてるのか？　だが、許すわけにはいかない」

そう言いながら、イライアスはレイラに覆いかぶさるようにして、涙を舌で舐めとった。

心がほろりと和らぐような、優しい感触。

その一方で、ぬかるみを行き来する指の動きはより獰猛さを増していく。

激しい水音が、レイラの耳を支配した。

「んんぁっ、ああ――っ！」

緊張が、再び子宮から末端へとビリビリ伝わっていく。あの感覚が脳内で爆ぜると同時に、レイラは背筋をのけぞらせてわなないた。

腰がひくひくと痙攣し、空気を求めるように、荒い呼吸を繰り返す。

口からは涎が垂れ、視点が定まらない。

女の快感に震えるレイラの体を見つめる男の目に、再び獰猛な炎が宿った。

「――俺のものだ」

低い声で唸ると、イライアスはレイラの腰を抱えて、完全に四つん這いにさせた。早急に取り出した自身の硬い雄芯で、後ろから一気に貫いてくる。

「あぁぁ――っ！」

先ほどの余韻冷めやらぬまま、もう一度果てたレイラは、ガクガクとしきりに震えた。

崩れ落ちないように彼女の腰をがっしりと抱えながら、それでもなお、イライアスは容赦なく腰を打ちつけてくる。

ぐちゅっぐちゅっという水音に混ざり、肉体と肉体のぶつかり合う肉感的な音が、部屋いっぱいに響き渡った。

「んあっ、あっ、あひっ、あっ」

「気持ちいいか？　君を気持ちよくしているのは誰だ？」

「あ、あひっ。い、イライアスさまですっ……」

「そうだ。やっと上手に名前を呼べたな」

甘い声を出しながらも、イライアスは獣のごとくレイラを穿つのをやめない。

濡れそぼった蜜壁を繰り返しこすられ、最奥を容赦なく強く突かれた。

レイラは、何度も高みに押し上げられては気を遣ってしまう。

彼女が力尽きても、イライアスは無慈悲に抽挿を続けた。

「俺のものだ、俺のものだ……」

呪文のようにそう繰り返しながらレイラを穿ち続ける彼は、言葉どおり呪いにかけられているかのようだった。

とどめのように番《つがい》の証に再び噛みつかれ、ガツガツと抽挿の速度を上げられる。

「んあああ――っ！」

番《つがい》の証への刺激と、下半身にもたらされる刺激がひとつになって、レイラは愛液を迸《ほとばし》らせながらまた昇りつめた。

それでもイライアスは、くったりと力の抜けた彼女の体を無理やり抱きかかえて、律動を繰り返す。

「も、もう許して……っ！」

繰り返し穿たれて疲労困憊《ひろうこんぱい》の体をどうにか捻り、背後にいるイライアスに向かって、レイラは涙ながらに懇願する。

銀色の獣耳をピンと立て、琥珀色の瞳を爛々と光らせながら、荒い呼吸をしている彼と目が合った。

「ダメだ、レイラ。俺はものすごく怒っている」

だが彼は、律動を止めるどころか、さらに指先でレイラの陰核を刺激してくる。

そのままの状態で腰をかがめ、まるで傷跡を癒すように、噛みついたばかりのレイラの首筋にねっとりと舌を這わせた。

「いやぁぁあ……っ！」

あまりの強烈な刺激に、レイラはいよいよ忘我の境地に追いやられる。

それでも、己の中に埋まる熱い彼自身の感覚だけは、おかしくなるほどに感じていた。

無の世界に逃げても、彼の情欲に繋ぎとめられているようで、恐怖しかない。

そしてレイラは、ついに完全に気を失ったのである。

◆

腕の中で、彼女の体がぐったりと弛緩した。

「ハア、ハア……」

イライアスは慌てて白い背中を抱きとめると、中から自身を抜き、彼女の体をそっと仰向けにする。

強すぎる刺激のあまり、彼女は意識を手放してしまったらしい。

だが快楽の余韻に耐えるように、腰だけがいまだヒクヒクと震えている。

「ああ、くそ……っ」

自分の愚かさを嘆いて、イライアスは舌打ちをした。

レイラに番《つがい》関係を解消したいと言われ、怒りのあまり、また我を忘れて抱いてしまった。

ようやく正気に戻ったものの、盛ったままの自身が、このままでは収まりそうもない。

裸体の彼女が目の前にいれば、なおさらである。

耐えきれず、イライアスは眠っている彼女の乳房に顔を埋めながら、収まりそうもない昂ぶりを自らしごいて慰めた。

「……くっ！」

白濁が吐出されると、燃え盛るような興奮がようやく消失していく。

イライアスは大きく息をつくと、彼女の唇にそっとキスを落とし、愛液にまみれたその体を敷布でぬぐった。

それから自身も横になり、彼女の体をきつく胸に閉じ込める。

気持ちが落ち着いてくると、今度は怒りではなく悲しみが込み上げてきた。

（やっと見つけたんだ。絶対に逃がしはしない）

ドミニク・ラーク・バッセルをはじめとした王室の重鎮たちが、平民のレイラを妃に望んでいないのは、重々承知している。

レイラはあくまでも世継ぎを産むためだけの存在であり、別に妃を娶れというのが、彼らの考えだった。

だがイライアスは、彼らの戯言に耳を貸すつもりなど、毛頭なかった。

自分の伴侶は、彼女以外考えられない。

もちろん、多方面から反対されるのは分かっている。国の調和も乱れるかもしれない。

だが、王室の権威主義は時代遅れだと前々から考えていた。

貴族たちは高慢になりすぎ、平民たちは貴族を嫌っている。

均衡がとれているように見えても、最善の状態ではない。

いつかはほころびが出て、国の衰退に繋がるだろう。

そもそも、王室の権威主義体制が原因で、身分の低かった母は命を奪われたのだ。

能力のある者を身分関係なくそれ相応の地位につかせ、幅広い才能を育む時代が、もうそこまできている。

自分がレイラと結婚することで、新しい王室の在り方をこの国に示せたらと、イライアスは考えていた。

子供の頃、彼女に番《つがい》の証をつけたのは、戯れからなどではない。

陰謀の蔓延《はびこ》る王室で育ったイライアスにとって、レイラの存在は特別だった。

刺客に襲われ逃げる際中、誰もが狼のイライアスを見ては怯え、騒ぎ立てた。

イライアスは彼らに危害を加えるつもりなどなかったのに、銃で撃たれそうになったり、網で捕獲されそうになったりと、さんざん危険な目に遭った。

王子から獣に変化したとたん、こんなにも人は接し方を変えるのかと、驚いたものだ。

だがレイラだけは、傷ついた獣を労り、温かいベッドに寝かせて、まるで家族のように接してくれた。

イライアスのために、王都に行けば必ず燻製ベーコンを買って帰ってくれた。

きれいな花が咲いていると、『ねえ、見て』と獣にすぎないイライアスに花がほころぶような笑顔を見せてくれた。

言葉を話さない獣のイライアスに、たくさんの寝物語も話して聞かせてくれた。

レイラは、イライアスにとって、この世で唯一の女神なのだ。

「レイラ、愛している。——心から」

ため息のようにつぶやくと、イライアスは彼女の首筋にくっきりと浮かんだ赤い噛み痕に、食むような口づけを重ねた。

第五章　愛しているから田舎に帰ります

明るいうちからイライアスに抱きつぶされ、途中で意識を失ったあと、レイラは翌日の昼前になってようやく目を覚ました。

汚れていたはずの体はきれいになり、薔薇の香料がほのかに香っている。

真っ白なシルク地の夜着が、肌に心地いい。

(きっと、寝ている間にイライアス様がしてくださったのね)

閨事《ねやごと》のあと、イライアスはいつも、かいがいしくレイラの世話をした。自分以外の者が、レイラの体に触れるのが嫌だからと言って。

とはいえ、大国の君主に、湯浴みから着替えまで手伝ってもらうのはさすがに気が引ける。

レイラは自分ですると何度も言ったが、イライアスは頑として譲ろうとしなかった。

昨日、番《つがい》関係を解消したいと申し出たとき、彼はこれまでにないほど怒っていた。

にもかかわらず、こうして体を整えてくれたことに、胸がじんと温かくなる。

彼の怒る姿を思い出し、レイラは改めて、昨日の自分の言動を後悔した。

(万能薬を塗れば番関係《つがい》が解消するなんて、イライアス様に告げるべきではなかったわ。イライアス様が去ったあとにこっそり薬舎に行って、万能薬を手に入れるべきだったのね)

今は番《つがい》認定しているから、イライアスはレイラに執着しているが、薬を塗って関係を解消すれば見向きもしなくなるだろう。なるべく早く塗るにつきる。

レイラは侍女が運んできたブランチを早急に食べ終えると、モスグリーンのドレスに着替え、薬舎に向かうことにした。

だが。

「レイラ様。どこに行かれるのでしょうか?」

部屋を出てすぐ、キースに呼び止められる。

「その、ちょっとお散歩にでも行こうかと思いまして」

イライアスの側近である彼にも、本当のことは言わない方がいいだろう。

するとキースが、人目を気にするように左右を見回した。

「今日は外に出られない方がよいかと思います」

もしかして彼は、イライアスから聞いて、レイラが今から何をしようとしているのか、知っているのではないだろうか？

だが、レイラがイライアスとの番関係《つがい》を解消すれば、キースとて肩の荷が下りるはずだ。それをわざわざ、引きとめるのはおかしい。

必死に平静を装いながら、レイラは頭の中であれこれ考えを巡らす。

するとキースが、神妙な面持ちで告げた。

「昨日の会議で、陛下があなたを王妃にすると宣言なさいました。あなたの本当の身分を、公にしたあとで」

「え――？」

思いがけない話の内容に、目が点になる。

「平民の女を王妃に迎えるなど、前代未聞の事態です。重鎮たちは大騒ぎして、あっという間に噂が城中に広がってしまいました。こんな状況で堂々と出歩かれたら、敵意を向けられるのは間違いないでしょう。最悪な場合、身に危険も及びます」

「そんな……」

キースの言うように、ザルーラ王室では、上位貴族以外の家系から妃を娶った歴史がない。

『俺の妻になるのはこの世でただひとり、君だけだ』――昨日、イライアスからそう告げられたものの、まさか大々的に宣言するとは思わなかった。

もしもレイラが妃になったら、貴族からの激しい反発に遭い、王室の存続は危うくなる。

バッセル侯爵の忠告を思い出し、レイラはみるみる青ざめた。

「そんなことをしたら、陛下のお立場が危うくなるのでは……。大丈夫でしょうか？」

「重鎮たちは血相を変えて、断固反対しています。このままでは、陛下を退位させようという動きも出るかもしれません」

あろうことか、もっとも恐れていた展開になってしまった。

今のイライアスは、周りが見えていない。早く、彼をレイラから解放してあげないと。

（今すぐにでも、噛み痕に万能薬を塗らなくちゃ）

「――そうですか。では、部屋で大人しくしておきます」

薬舎に行くために、レイラは嘘をついた。

キースがいなくなったらすぐさま人目を忍んで向かうつもりで、彼が立ち去るのを待つ。

するど。

「あなたのお気持ちはどうなのですか？」

唐突に、キースが改まった口調で聞いてきた。

「陛下を愛しているのですか？」

相変わらずの無表情だが、そのまなざしにはいつになく熱がこもっている。

「それは……」

必死に目を背けてきたことに真っ向から言及され、レイラは口ごもった。

城内試合の際、雄々しく剣をふるうイライアスの姿に、目を奪われたことがある。

勇猛で、聡明で、冷酷なこの国の若き王。

それなのに、レイラの前では仔狼のように甘えてくるから、母性本能をくすぐられずにはいられない。

レイラを抱くときの、優しい唇と手の感触、情熱的なまなざし。

彼の体温を感じながら、このまま溶けて消えてしまいたいと、何度思ったことか。

彼の傍にいたい。

レイラにだけ見せてくれる笑顔を、ずっと見守りたい。

この気持ちが異性に対する愛情だということには、だいぶ前から気づいていた。

（でも、絶対に言えないわ）

あまりのおこがましさに怯んで、レイラは返事をする代わりに、唇を食みながら首を振った。

そんな彼女を、しばらくの間、キースは黙って見つめる。

「あなたも陛下を愛していらっしゃるなら、私は全員を敵に回してでも、陛下とあなたのお力になりたいと考えています」

おもむろに聞こえた声に、レイラはハッとなった。

キースが、今までにないほど穏やかな顔をしている。

「陛下の生い立ちは、華やかなようでいて、とても孤独でした。あなたに会うまで、私は陛下が心から笑っているところを見たことがありませんでした。ですが、あなたといるときは心から笑っているのがよく分かるのです。私の望みはただひとつ、陛下の幸せです」

「キース様……」

レイラはキースのことを、まるで機械のような男だと思っていた。

無感情に、従僕としての責務をこなしているようにしか見えなかったからだ。

だが今初めて、イライアスに対する彼の本音を知った。

子供の頃、イライアスが殺されかけたとき、キースが身を挺して守ったのは知っている。

キースにとってイライアスは、主従を超えた唯一無二の存在なのだろう。

国王としてではなく、人間としての幸せを望むほどに。

無感情な男が見せた熱い思いに、レイラの気持ちは激しく揺れ動く。

だが、それでも、自分がイライアスの前からいなくなるべきだという考えは消えなかった。

そもそも、イライアスがレイラに番《つがい》の証をつけてさえいなければ、こうやってキースを悩ませることもなかったはずだ。

「ごめんなさい……」

ひとこと、そう答えるにとどめる。

『愛してません』と嘘をつくのは、どうしても憚《はばか》られた。

キースの表情が、スッと消えていく。

「左様ですか。こちらこそ、余計なことを話してしまい申し訳ありません。では、私はこれにて失礼いたします」

「はい。ご忠告をありがとうございました」

複雑な心境で、レイラは立ち去るキースを見送った。

だが数歩進んだところで、キースが思い出したようにこちらを振り返る。

「そういえば、レイラ様。イライアス様よりご指示があり、薬舎に置かれていた万能薬はすべて売却しました。万能薬の主原料となる薬草も然りです。念のため、お知らせしておきます」

キースが部屋を出ていったあと、レイラは放心状態で、その場に立ち尽くしていた。

(万能薬はおろか材料すらないなんて、八方ふさがりだわ)

イライアスは、徹底してレイラに万能薬を塗らせないつもりのようだ。

だが、レイラはすぐに気を取り直す。

万能薬がないなら、作ればいいいと気づいたのだ。

材料が揃っている、別の場所で。

(私がいなくなったら、イライアス様はすぐに追手を放つはずよ。まずは、きっとポーラのところね。だから、ポーラのところに行ったら迷惑がかかってしまう。行くなら、あの家しかないわ)

あの家とは、〝死霊の森〟の中にある丸太小屋のことである。

ブライトン家が代々暮らしてきた〝死霊の森〟には、万能薬の原料となる薬草が植えられている。

レイラがポーラのところにいないと分かったら、次にイライアスは、〝死霊の森〟を捜すかもしれない。

だが、それよりも早く万能薬を完成させて、塗ってしまえばいいのだ。番《つがい》関係が解消され、イライアスのレイラに対する執着が冷めれば、それで終わりなのだから。

万能薬はわりと即効性の高い薬だから、効くまでにそう時間はかからないだろう。

(そうとなったら、善は急げね)

レイラはクローゼットを漁り、最奥から、城に召し上げられる際に着ていた草色のワンピースを出して着替えた。

顔が分からないよう、大きめのハンカチですっぽりと頭を覆う。

それからベージュのローブで体全体を隠した。

目指すのは、厩舎である。

厩舎には、物資の供給のために行き来している馬車がズラリと停車している。そのうちのどれかにもぐりこむつもりだった。

できれば人目につかない夜に逃げ出したいところだが、夜になればイライアスがレイラの部屋に来る。そうなってしまえば逃げ出せないから、動くなら今のうちだ。

馬車も、夜よりも昼の便の方が多いだろう。

レイラはさっそく、音を立てないようにして部屋を出た。

真昼の城内を、壁から壁、柱から柱へと、身を隠しながら進む。

「あのお話、お聞きになられました？　陛下が婚約者をお決めになられたそうよ！」

コソコソと渡り廊下を移動している途中、そんな声が耳に入り、心臓が止まるかと思った。

柱の陰からそっと様子をうかがうと、色とりどりのドレスに身を包んだ令嬢たちが、寄り集まっているのが目に入る。

中心にいるのは、お茶会で会ったローズマリーだ。

「それも、貴族ではない下賤の女ですって！　信じられないわ！」

おぞましい噂でも耳にしたかのように、身を震わせるローズマリー。

周りの令嬢たちも、深刻な顔で賛同している。

「本当にそのとおりですわ。陛下はいったいどうなされたのかしら？」

「きっとその方は、私たちには考えられないようなことをして、陛下の御心をたぶらかしたのでしょう。なんて恐ろしいのかしら！」

「下賤の者を妃に据えるなんて、嘆かわしい！　この国はどうなってしまうのでしょう？」

（キース様の言っていたとおり、噂は相当広まっているようね）

そして、バッセル侯爵が忠告したように、平民を伴侶に選んだイライアスに対する貴族たちの印象も、冷ややかになっているようだ。

重苦しい気持ちのまま、どうにか渡り廊下を抜けて、厩舎にたどり着く。

何台もの馬車が連なる停車場では、盛んに荷物の積み下ろしが行われていた。

今から出ていくらしき幌馬車に狙いをさだめ、茂みの陰から様子をうかがう。

そのとき。

――ガサッ！

物音がして、レイラはハッと上を見た。

真上にある木の枝が、つい今しがたまで人がいたかのように、不自然に揺れている。

(また石が落ちてくるのかと思ったわ。今回は違ったみたい)

大石を落として脅してくる何者かも、レイラがいなくなれば満足だろう。もしかしたらレイラが逃亡するのに気づいて、今回はやめてくれたのかもしれない。

馬車の馬具を調整していた御者が、どこかに消えた。

レイラは、隙を見て大急ぎで幌の内部に入り込んだ。

空箱と空樽が数個転がっているだけで、中はがらんとしていた。

大きめの樽に目をつけ、中に身を隠す。幸いにも華奢な体型なので、問題はなさそうだ。

そのまま息を潜めていると、しばらくして鞭の音が響いた。

馬車が動き出したようだ。

ガタガタと、車輪が土道を走る音がする。

樽の中にいるため外の様子をうかがい知ることができないが、そろそろ王宮敷地を抜け、跳ね橋に差し掛かった頃だろう。

無事万能薬を作って塗れたら、レイラがこの城に戻ってくることはない。

イライアスにも、もう二度と会えなくなる。

しんみりとした気持ちになったレイラは、胸ポケットを探って、布切れを取り出した。

お守り代わりの、アンバーの毛を包んだ布である。イライアスと再会し、彼がアンバーと分かってからはチェストにしまっていたが、城を出る際に持ち出したのだ。

そっと布を開くと、銀色の毛が姿を現した。

暗がりで神々しいまでの光を放つそれは、美しいイライアスを彷彿とさせる。

「さようなら」

甘えるイライアスを抱きしめるときのように、レイラはその布をぎゅっと胸に抱き、別れの挨拶を告げた。

幸運にも、馬車は王都エンメルにある市場にたどり着いた。

万能薬を売りに行く際、幾度となく訪れた場所なので、レイラにも土地勘がある。

御者が馬を繋いでいる隙に、レイラはそうっと幌馬車の中から抜け出した。

久しぶりに、人々の活気で賑わう市場を歩む。

ためらったものの、資金がなくてはどうすることもできないので、着ていたローブを売ってお金に換えた。それから馬車の停車場に向かい、今度は〝死霊の森〟近くの村を通る辻馬車に乗り込んだ。

日がとっぷり暮れた頃、ようやく村に到着した。

娘さんがこんな夜中にひとり歩きなんて危ないと、乗り合わせていた老夫婦にさんざん心配されたが、どうにか振り切って〝死霊の森〟に向かう。

（ああ、懐かしい匂い）

森の中に入ったとたん、草と土と水の入り混じった独特の匂いが鼻腔に香った。

レイラは体いっぱい大自然の空気を吸い込んで、夜の森を突き進んだ。

十年ぶりだというのに、生まれ育った場所だからか、手に取るように道が分かる。

暗闇の中にたたずむ小さな丸太小屋が見えてきたとき、レイラは感動のあまり泣きそうになった。

（よかった。ちゃんと残っていたのね）

もしかしたら取り壊されてしまったかもと危惧していたが、杞憂だったらしい。

もとより人の寄りつかない森のことだ、無人の小屋があることすら知られていないのだろう。

久しぶりに足を踏み入れた生家は、思っていたより埃をかぶっていなかった。

レイラがエドモンとポーラのところにいるのを知らなかったイライアスは、レイラを捜しに幾度かここを訪れたと言っていたから、ついでに従者に命じて掃除してくれたのかもしれない。

ベッドの上の寝具をはたき、軽くきれいにしてから、疲れた体をそっと横たえる。

粗末なくりぬき窓からこうして月を見上げるのも、本当に久々だ。ひとりで過ごす夜が怖くて仕方なかったことすら、今では懐かしく感じる。

テーブルの上に置いていた薬の調合器具も、そっくりそのまま残っているようだ。

（イライアス様が来るまでに、薬草を採取して、早く万能薬を作らなきゃ）

そうは思うものの、長旅で疲れた体は、なかなか動いてくれない。

（ちょっとだけなら、休んでも大丈夫よね……）

寝ぼけ眼でそんなことを思いながら、懐かしい家の香りに誘われるように、気づけばレイラは眠りに落ちていた。

どれくらい、時間が過ぎただろう。

――ギィ……

眠っていたレイラは、静寂の中に響いた物音で目を覚ました。

（今のは、ドアの開く音？）

ベッドに仰向けになって寝たふりをしたまま、様子をうかがった。

ギシ、ギシ……

老朽化した木の床を踏み鳴らしながら、こちらに近づいてくる何者かの気配がする。

薄目を開けると、暗闇に浮かぶ人らしきシルエットが見えた。

（誰かいる……）

いまだ呪われていると信じられている〝死霊の森〟に近づく人間は、まずいないと思っていた。だがもしかすると、肝の据わった何者かが、レイラが出ていったあとにこの小屋に住み着いていたのかもしれない。

（どうしよう。『勝手に入ってごめんなさい。空き巣じゃなくて前の住人です』って言えば分かってもらえるかしら？）

焦りながら、考えを巡らせるレイラ。
だがそのとき、目の前でキラリと揺れた光に気づいて、考えが吹き飛んだ。
それは、銀色に光る剣だった。
いつの間にかすぐそこにいた人影が、レイラに向けて、まっすぐ剣を突きつけている。
冷や汗が、全身にぶわっと湧いた。
「あ、あの……」
怪しい者ではないと主張したくとも、恐怖のあまり、思うように口が動かない。
なんせ、剣先がすでに鼻先に当たっているのだ。
そのとき、覚えのある匂いが強烈に鼻先に漂う。
(この匂いは……)
直後。
「ウォンッ！！」
重低音の獣の咆哮が、闇を切り裂くようにして響き渡った。
レイラの目前を、疾風のように影がよぎる。
鼻先に突きつけられていた剣が、あっという間にどこかに消えた。
——ドンッ！

すぐに、人の倒れるような声がした。

レイラは、震えながら音のした方を確認する。

床の上に、人を下敷きにして、一匹の凛々しい狼が立っていた。

その脇には、銀色の剣が転がっている。

暗闇の中でギラギラと光る、琥珀色の鋭い目。

銀糸のごとく美しい毛並みに、圧倒されるほど雄々しい立ち姿。

——獣化したイライアスだ。

「うぅ……っ」

前脚で押さえつけられている人影が、苦しげにうめいている。

剣を持っていた方の腕からは、真っ赤な血があふれ出ていた。

イライアスが噛みついて、彼の動きを阻止したのだろう。

「イライアス様……」

信じられない気持ちで、レイラはその名を呼んだ。

みるみる間に、人間の姿に戻っていくイライアス。

雲間から月が顔を出し、ぼんやりとした光が、イライアスに踏みつけられている人影を照らした。

くせのある栗色の髪をしたその少年に、レイラは見覚えがあった。

（カール様……）

イライアスに踏みつぶされたまま、カールが何かをあきらめたように目を閉じる。

抵抗しないという意思表示と汲んだのか、そこでようやく、イライアスが彼を踏みつけていた足を下ろした。

「君がいなくなったと気づいてすぐ、全力で捜した。この場所か、世話になった老婦人の家のどちらかだと思ったから、二手に分かれたんだ。こちらを選んで正解だったな」

レイラの方を見ないまま、どことなく悲しげな口調で、イライアスが言う。

「それにしても、カール。まさかお前がレイラを襲うとはな。どうせ父親の差し金だろう。こんなところまで追いかけるよう指示するなど、ドミニク・ラーク・バッセルも相当執念深い」

目を閉じたまま、カールは何も答えなかった。

噛まれた腕からはいまだドクドクと血が流れているのに、苦しげな表情ひとつ浮かべない。

まるで、こうなることが、あらかじめ分かっていたかのようだった。

はっきりと名乗られてはいないものの、彼がバッセル侯爵の息子だということには、レイラも気づいていた。

カールの帽子に、羽根の形をしたブローチがついていたからだ。それと似たものを、バッセル侯爵が身につけているのを見たことがある。

羽根は、バッセル家の紋章だ。

ザルーラ王国では、紋章を象るものを、親族でない者が身につけることは許されない。

つまり堂々と羽根の紋章を身につけているカールは、バッセル侯爵の血縁、それもあの年で城に出入りできるほど近親の者だと推測できる。

「俺の婚約者を傷つけようとしたお前の罪は重いぞ」

カールに向かって、イライアスが殺伐とした口調で言い放った。

琥珀色の瞳は怒りで爛々と輝き、口からは鋭い牙が覗いている。

「も、申し訳ございません……」

狼神の怒りを真っ向から浴びて、そこで初めて、カールが口を開いた。

見ていて哀れになるほどに、体全体をガタガタと震わせている。

必死に抑え込んでいたものの、恐怖心が限界を迎えたのだろう。

「イライアス様、こちらでしたか。急に狼になって走っていかれたものだから、驚きましたよ」

そこで、開いたままだったドアから、ランプを手にしたキースが入ってくる。

キースはレイラを一瞥し、それから床に倒れているカールを見て、片眉を上げた。

「これは驚きました。まさか、カール様がレイラ様を襲うとは。間違いなく、手引きしているのはバッセル侯爵ですね。レイラ様とのご結婚に、頑として反対していましたから」

「ああ、すぐにそいつを連れて城に戻るぞ。レイラ、もちろん君もだ」


キースが御者を務める馬車で一行がザルーラ城にたどり着いたのは、昼を過ぎた頃だった。

縄で両手を縛られたカールとともに、レイラも謁見の間に通される。

すぐに呼ばれたバッセル侯爵が、床に突っ伏しているカールを見るなり、顔をサアッと青くした。

「カール……」

それ以上は何も言わず、顔色を失ったまま、その場に立ち尽くすバッセル侯爵。

「どうした、ドミニク。俺はまだ何も言っていないのに、まるでカールが何をしたか、すでに知っているような顔だな」

玉座にいるイライアスが、足を組みながら、冷ややかな視線をバッセル侯爵に向ける。

「俺の婚約者が、お前の息子に殺されかけた。気の弱そうなこいつが単独でやるとは思えない。そそのかしたのはお前で合っているか？」

バッセル侯爵はうつむき、震える拳を握りしめた。

「……国の未来を思ってやったまでのことです。お世継ぎを産むだけならまだしも、そのお方は王妃にはふさわしくありません」

「そんなつまらん理由で、俺の婚約者を殺そうとしたわけか。これがどれほど重罪か分からないほど、愚かではないだろう？」

凍てつく刃のような声だった。

反論の余地のない状況に立たされ、バッセル侯爵がぐっと唇を噛む。

カールは、今にも泣きそうな顔で、話し合いの行く末を傍観していた。

イライアスは、残虐王のふたつ名を持つほど、裏切る者に容赦のない王だ。

そのことは、バッセル侯爵も充分心得ているのだろう。

もはやこれまでと悟ったのか、突如脱力し、両膝を床につくバッセル侯爵。

恐怖のあまり、立つこともままならないようだ。

「お許しください。私は、陛下の王位を守るために尽力しただけなのです……」

「許すわけがないだろう。お前もカールも、死罪は免れない」

「そんなっ……。どうか、カールだけはお許しを……っ！　まだ子供の彼は、深い考えもないまま、私の手先として動いていただけにすぎません」

「そんなことは知らん。俺にとっては大事な婚約者を殺そうとした、立派な謀反人《むほんにん》だ」

イライアスの無慈悲な言葉を受けて、バッセル侯爵が哀れなほど全身を震わせた。

見ているだけのレイラですら、恐怖で生きた心地がしない。

だが、どうにかして心を奮い立たせる。

バッセル侯爵の言い分は、しごくまっとうだ。

今の周りの見えていないイライアスに、そのことを教えてあげられるのはレイラしかいない。

「国王陛下」

レイラは、覚悟を決めて声を出した。

イライアスが、こちらに目を向け、口調を和らげる。

「どうした？」

「どうか、彼らを赦してください。彼らに罪はございません」

驚いたように目を見開くイライアス。

「本気で言っているのか？　まさか、殺されかけたのを忘れたわけではないだろう」

「もちろん覚えております。ですが、カール様は私を殺すつもりはなかったと思うのです」

「どういうことだ？」

眼光を鋭く光らせ、イライアスが言った。

「カール様はおそらく、前々から私を殺すよう、バッセル侯爵に命令されていたのではないでしょうか。だけど心優しい彼は、実行したくなかったのだと思います。だから私を生かすために、苦肉の策をとられたのです」

いつかの夜、バッセル侯爵が誰かを叱りつけているのを目撃したことがある。あのときは暗くてはっきりとは見えなかったが、今にして思えばカールだったのだろう。

厳しい父のもとに生まれたカールは、どんな命令を下されようと、抗うすべを知らなかったのかもしれない。

「苦肉の策？　何を言っている」

「前に、私の頭上から石が落ちてきたときのことを覚えていますか？」

イライアスが頷いた。

「ああ、もちろん覚えている」

「実は、頭上から石が落ちてきたのは、あのときが初めてではありませんでした。何度もあのようなことがあったのですが、石が私に当たることは絶対になかったのです。きっと、わざとそうしていたからでしょう。カール様は私を殺したくないから、そうやって城から出ていくよう脅しをかけていたのだと思います」

うつむいていたカールが、驚いたように顔を上げた。

考えるように押し黙ったあとで、イライアスがいぶかしげに聞いてくる。

「それがなぜ、カールの仕業だと分かる？　姿を見たのか？」

「いいえ。石から、万能薬の匂いがしたからです」

「万能薬？　君がいつも作っている薬のことか？」

「はい、そうです」

そうなのだ。落ちてきた石からは、いつもほのかに万能薬の匂いがした。

他人にとっては無臭に近い香りでも、子供の頃から繰り返し調合してきたレイラは、すぐにそのことに気づいた。

「その頃、このお城で万能薬を使っていたのは、トピ花の毒による腫れに悩まされていたクリストファー様だけです。クリストファー様に毎日薬を塗っていたのはカール様でした」

謁見の間が、しんと静まり返る。

イライアスが、神妙な面持ちになった。

「カールに狙われていると分かっていながら、なぜ俺に助けを求めなかった？」

「野花を愛している優しいカール様を、罪人にしたくなかったからです」

レイラは、怯えたような顔で自分を見ているカールに、そっと微笑みかける。

「私は森で生まれ育ちました。そのため、森に関する知識だけは豊富にあります。カール様は以前、クリストファー様の手の甲にできた腫れがトピ花の毒によるものだと言い当てました。トピ花は、王宮薬師ですら知らない希少な花です。そのとき、私はカール様が野花に興味を持っていることを知りました」

そして、嬉しかった。

自分と同じように、自然を愛する素朴な者が、貴族だらけのこの城にいるのだと知って。

「それから私を小屋で襲った際、匂いで分かったのですが、彼の剣にはジェラールの木の樹脂が塗り込まれていました」

「毒が仕込まれていたということか？」

とたんに、険しい顔つきになるイライアス。

レイラは緩やかにかぶりを振った。

「毒といっても、人を仮死状態にするだけで、死には至らしめません。おそらくカール様は、眠っている私に樹脂の匂いを嗅がせて仮死状態にし、死んだと見せかけるおつもりだったのでしょう。そうすれば、バッセル侯爵の望みを叶えると同時に、私を救うことができますから」

そこでレイラは、改めてイライアスに向き直る。

「お分かりいただけたでしょうか？　私は何度も、カール様に救われていたのです」

そう言い放った直後「うう……っ」とすすり泣く声がした。

床に突っ伏し、カールがポロポロと涙をこぼして泣いている。

「ううっ、うっ、うっ……」

幼子のように声を上げて泣きじゃくるカール。

普段が年のわりに大人びているだけに、その姿は胸を打つものがあった。

バッセル侯爵が、そんなカールを、もの思わしげに見つめている。

その様子は、レイラの前でいつも嫌味な表情を浮かべている彼とは、まるで違う。愛する息子を気遣うひとりの父親の姿だった。

そんなバッセル侯爵を視界の隅におさめながら、レイラは続けた。

「それから、そもそもバッセル侯爵がカール様に命じて私を傷つけようとしたのは、陛下の身を案じてのことです。あなたのことを大事に思っている人を、個人的な感情のために、失わないでほしいのです。どうか、目をお覚ましになられてください。私があなたのもとから去るのが一番なのです。そのためには――」

（番《つがい》関係を解消しましょう）

切望のまなざしで、レイラはイライアスを見つめた。

鋭い琥珀色の瞳で、イライアスもレイラを見つめ返す。

永遠に続くのではないかと思うほど長い間、ふたりは見つめ合っていた。

やがてイライアスが、フッと口元をほころばせた。

「君の気持ちはよく分かった。彼らの処分はひとまず保留にしよう。これで満足か？」

イライアスの提案に、レイラは静かに頷いた。


謁見の間を出てすぐに、レイラはイライアスの私室に呼ばれた。

カールのことでうやむやになってしまったが、そもそもレイラは、イライアスを裏切って城から逃げ出そうとしたのだ。それ相応の罰は覚悟しなければならない。

部屋に入ると、イライアスは窓辺のカウチに足を組んで座り、レイラを待っていた。

重苦しい沈黙が、ふたりの間に流れる。

「あの――」

「逃げ出すほどここがつらいか、レイラ」

レイラが口を開いたのとイライアスが問いかけてきたのは、ほぼ同時だった。

「君は俺の近くにはいたくないんだな？」

切なげな彼の言葉に、胸がぎゅっと苦しくなる。

イライアスの言い分には、語弊がある。

レイラは、彼の近くにいたいと思っている。

だがイライアスと自分は、番《つがい》の証だけで繋がっている関係。

本当の意味で愛されているわけではなく、貴族令嬢でもない自分は、彼の傍にいてはいけない。彼を不幸にするだけだ。

葛藤のあげく、レイラはゆっくりと頷いた。

心が張り裂けそうになるのを、必死にこらえながら。

「そうか」

少しの間のあと、イライアスが落ち着いた声で言う。

それから立ち上がると、チェストの引き出しから小瓶を取り出した。

年季の入ったその瓶には見覚えがあり、レイラは目を見開く。

「それは、私が作った万能薬ですか？」

「そうだ。十年前、あの森を出なければならなくなったとき、君が作って置いていた最後のひとつを拝借したんだ。君だと思って、ずっと大事にしてきた」

イライアスの言葉の温かさに、レイラの胸がじんと疼《うず》く。

「まさか、ずっと持っていらしたなんて……」

イライアスが、レイラに向けてその小瓶を差し出した。

「君に返す。だから、好きにするといい」

一瞬、聞き間違いかと思った。

だがイライアスは、嘘偽りのない目でまっすぐにレイラを見ている。

「いいのですか……？」

「君は、そうしたいのだろう？」

レイラは、たっぷりと薬が入った小瓶を、ためらいがちに受け取った。

じっと見つめたのち、はめ込まれた栓をそっと抜く。

嗅ぎ慣れた匂いが、ふんわりと鼻先に漂った。

年月を経ているので不安だったが、これなら問題なく使えそうだ。

イライアスは、表情ひとつ変えることなく、レイラの動向を見守っている。

この薬をひとたび噛み痕に塗れば、彼との番《つがい》関係は解消されるだろう。

イライアスのレイラへの執着は、一気に冷めるに違いない。

だが、レイラは彼を愛したままだ。人間側に、獣人による番《つがい》の強制力はないから。

そのことを思うと、いますぐに泣きじゃくりたいほど心がつらい。

それでも、迷いはなかった。

覚悟を決めたレイラは、懐をまさぐり、お守り代わりの布切れを取り出す。そして、イライアスの方へと差し出した。

「なんだ、それは？」

「幼い頃にともに住んだ、仔狼の毛でございます」

経年によってすっかりよれてしまった布を、そっと開いてみせる。

中から出てきた銀色の毛は、今の彼が獣化したときよりも短い。

その未熟さが、レイラはたまらなく愛しかった。

自らの幼い頃の一部を見て、イライアスがわずかに目を瞠《みは》る。

「ずっと持ち歩いていたんです。アンバーは、私の大切な家族でしたから。あなたに差し上げます」

この状況で、愛しているとは口にできない。

それでも、彼のことを特別に思っているのだと、遠回しに伝えたかった。

「――いいのか？」

「はい」

レイラは、にっこり微笑んだ。

この先、レイラは彼の傍にはいられない。だから、身代わりとなって彼の支えとなってほしい。

十年もの間、レイラの心を癒してくれたように。

イライアスが布を懐にしまったのを見届けると、レイラは瓶の中に人差し指を入れ、クリーム状の薬をすくい取った。首を傾け、彼につけられた噛み痕にそっと塗り込む。

この薬を、本来の目的で使うのは初めてだ。

だから、どのくらいで効果があるのかは分からない。

レイラを見ているイライアスに特別な変化はなく、効いているのかどうかは判然としなかった。

少し時間が経ったところで、「もういいか？」と問われる。

「はい、おそらく」

「では、早く行け。馬車を手配するよう、話は通しておく。それからこれまでの労をねぎらって、君が世話になった老婦人への支援は続ける。だから心配するな」

「ありがとうございます」

イライアスの支援に頼るのは心苦しいが、ポーラの治療の当てがなくなるのは困るため、受け入れざるをえない。

レイラは丁寧に頭を下げると、彼の傍を離れてドアに向かった。

部屋を出る直前、向き直ってもう一度頭を下げる。

顔を上げたとき、思いがけず冷淡な瞳と目が合った。

レイラとふたりのときは見せることのない、残虐王のまなざし。

とたんに彼との間に見えない壁のようなものを感じて、レイラの胸がざわつく。

それ以上は彼を見ないようにして、急いで部屋を離れた。

万能薬の効果は、もう表れたのだろうか？

分からないし、たしかめようがない。

だが、イライアスがあっさりレイラを手放したのは事実だ。

馬車の停車場へと向かう途中、中庭にある噴水に立ち寄った。

首筋を澄んだ水面に映して確認すると、つい今しがたまではっきりとあった赤い噛み痕は、跡形もなく消えていた。

第六章　国王陛下は今宵も底なしの性欲をお持ちのようです

リネイラでのもとの生活に、レイラはすぐになじんだ。

ドレスとは無縁の、田舎娘の動きやすい服装は快適だ。

ポーラのために料理を作るのも、冷たい井戸水で洗濯をするのも、楽しくて仕方がない。

近所の子供の子守りをしたり、ダニエルのぶどう農園の収穫を手伝いに行ったりと、毎日が忙しく充実していた。

こういう生活の方が自分には適しているのだと、つくづく思う。

今となっては、貴族社会に揉まれたあの日々のことは、まるで現実味がない。

夢だったのかもしれないと、ときどき本気で思うほどに。

レイラがポーラのもとに戻って、二ヶ月が過ぎた。

その日レイラは、胸いっぱいにトウモロコシを抱えて帰宅した。

「ポーラ、ただいま。万能薬を届けたら、ミケルさんからお礼にトウモロコシをもらったわ。見て、とっても美味しそうよ」

テーブルの上に、ドサッと大量のトウモロコシを置く。

台所でスープを煮込んでいたポーラが、花が咲いたような笑顔を見せた。

「おやまあ、こんなにいっぱい！　この間小麦粉を買ったから、今夜はトウモロコシのケーキでも作ろうかね。ほら、ダニエルの大好物じゃないか。届けておやりよ」

新しい医者に処方された薬が効いているのか、ポーラの状態はみるみる回復している。

最近は家の中で家事をこなすくらい元気になった。

今も、得意の香草スープを作っていたようだ。

「そうね。じゃあ、トウモロコシをほぐすのを手伝うわ」

レイラは椅子に腰かけると、トウモロコシの緑色の葉を剥《は》ぎ始めた。

休憩とばかりに、ポーラも台所を離れ、向かいに腰かける。

「それにしても、この頃はリネイラにも物資が豊富に入るようになったねえ。少し前じゃ、小麦粉なんて王都まで行かないと買えなかったのに。これも少しの間とはいえ、お前がお城に出仕したおかげじゃないかと思っているんだよ」

「そうね。たしかに王都からよく行商が来るようになったわよね。私のおかげかどうかは分からないけど、ずいぶん暮らしやすくなったわ」

数ヶ月前、レイラがザルーラ城に連れていかれたのは、王宮薬師に万能薬の調合法を指導するためだった、という話になっている。

「ところでレイラ、この間の話、考えてくれたかい？」

「あー、うん……」

やはり聞かれたかと、レイラは苦笑いをする。

この間の話というのは、見合いのことだった。

レイラが二十四歳にもなっても未婚なのを案じ、ポーラはここ一ヶ月ほど、しきりに見合い話を持ってくる。

離れていた数ヶ月間、レイラにもう二度と会えないのではないかと不安になって、花嫁姿を見損ねたことを心底悔やんだらしい。

「それなんだけど、あの方の家、リネイラから遠いじゃない？　ポーラのところにあまり来られなくなるから、お断りしたいの」

「そんなの、気にしないでおくれ！　私はあんたが幸せになってくれさえすれば、それでいいんだから。薬のおかげで、もうこんなに元気だしね」

声を張り上げるポーラは、レイラの返事を聞き入れる様子がない。

「私のことはいいから、とにかく前向きに考えておくれよ。これほどの良縁は、もうないかもしれないんだからね。向こうさんには、もう少し待ってもらうから」

「うん……」

「国王陛下も結婚するらしいから、あやかるのも悪くないんじゃないかい？」

不意打ちでそんなことを言われ、一瞬、トウモロコシの葉を剥《む》く手が止まる。

動揺を悟られないよう、レイラは必死に笑顔を作った。

「そうらしいわね。さっき、ミケルさんの奥さんから聞いたわ。あの人、噂好きでしょ？　話が長くなっちゃって、大変だったの」

「そうかい。なんにしろ、めでたい話だよ。この分だと、国中大騒ぎになるんじゃないかい？　王都は派手に飾って祭りをやるだろうね」

「ええ、きっとそうね」

平然と答えながらも、レイラの心は今にも張り裂けそうだった。

今も変わらず、イライアスを愛しているからだ。

離れれば想いは薄れていくと思いきや、日に日に増すばかりである。

（やっぱり、最有力候補だったローズマリー様が王妃になられるのかしら）

ローズマリーの輝くような容姿を思い出す。

彼女が太陽なら、レイラは泥といったところか。

比べて傷つくことすら、今となってはおこがましい。

（イライアス様は、王妃になられる方に、もう番《つがい》の証をつけられたのかしら）

叶わぬ恋と知りながら、鬱々とそんなことばかり考えてしまう。

すると、玄関のドアをノックする音がした。

入ってきたのはダニエルだ。走ってきたのか、しきりに肩で息をしている。

「おや、ダニエル。ちょうどさっき、あんたの話をしていたんだよ。トウモロコシをたくさんもらったから、ケーキを焼いて届けてやろうかと思ってね」

「ああ、ポーラ。いつもありがとう。レイラ、ちょっといい？」

ポーラへの返事もそこそこに、なぜか急くように外に連れ出された。

家の裏手にある小高い丘を、ふたり並んで歩く。

この丘からは、緑豊かなリネイラの自然が一望できた。

なだらかな山々の間を縫うようにして、青いモルグス川が流れている。

澄みきった空には白い雲が揺蕩い、緑の匂いのする爽やかな風が吹いていた。

「レイラ、結婚するって本当か？」

レイラが美しい景色に見惚れていると、切羽詰まったような表情で、ダニエルがそんなことを聞いてきた。まるで何かに追い立てられているかのように、目つきが真剣だ。

「結婚？　ああ、コレットおばさんから聞いたのね。たしかに今回はしつこく薦められてるけど」

レイラは大きくため息をついた。

「お断りするつもりよ。だってその方の家、ここから遠いんですもの。ポーラに会いに来られなくなるわ」

するとダニエルが、心底ホッとしたような笑みを浮かべる。

「そうか、断るのか。相手が金持ちって聞いたから、てっきり結婚を決めるんじゃないかと焦ったんだ」

「ふふ、心配してくれたの？」

表情のコロコロ変わるダニエルが面白くて、レイラは朗らかに笑った。

するとダニエルが、「レイラ」と声色を変える。

「俺と結婚しないか？」

「え？」

想像もしていなかったセリフに、レイラは目を白黒させた。

とんでもないひとことを放ってしまったことに今さら怖気づいたのか、ダニエルが真っ赤になって慌てだす。

「いや、その、俺とレイラは年が変わらないだろ？　それに俺と結婚したら、レイラはいつでもポーラに会いに行けるじゃないか。俺も最近、親に結婚しろってしつこく言われてて、うんざりしてるんだ」

どうやらダニエルは、結婚を拒んでばかりいるレイラに気を遣ってくれたらしい。

エドモンとポーラの家に移り住んですぐ知り合ったダニエルとは、十年来の仲だ。親しい友である彼になら真実を話してもいいのかもしれないと、レイラは考えを変えた。

「実はね、私、好きな人がいるの」

ダニエルが、ピタリと体の動きを止める。

それから、表情を凍らせてレイラを見た。

「だけどその人は、手の届かない存在で……。本当は、彼のことが忘れられなくて結婚話を断り続けているの。だから、誰とも一生結婚するつもりはないわ」

「そうだったのか……」

ダニエルが、目に見えて肩をシュンとさせる。

きっと、レイラの悲恋話に同情してくれているのだろう。

ダニエルはしばらくの間無言だったが、やがていつものように晴れ晴れとした笑みを浮かべた。

「ずっと近くにいたのに、まったく知らなかったよ。どんな人？　レイラの好きな人って」

「そうね……」

レイラは目を閉じ、イライアスを思い浮かべた。

二ヶ月も流れ、城での生活は遠いものに感じているのに、彼の手のひらの熱さ、唇の柔らかさ、吐息の音だけは、昨日のことのように覚えている。

それから、もふもふのあの毛並み。

ぴょこんと飛び出した銀色の耳と、フサフサと揺れる尻尾に、叶うならばもう一度触れてみたい。

「とてもきれいで、かわいい人だったわ……」

レイラが陶然とつぶやいたそのとき。

――ヒヒィィインッ！

背後からけたたましい馬の嘶《いなな》きが聞こえ、レイラは後ろを振り返った。

丘のふもとに、葦毛《あしげ》の馬にまたがった何者かがいる。

漆黒のマントで全身を覆ったその人は、ひらりと馬から飛び下りると、こちらへと歩んできた。

「誰だ？　見慣れない男だな」

隣で、ダニエルが怪訝そうにつぶやいた。

レイラはというと、彼をひと目見るなり、呼吸が止まったような心地になっていた。

全身が激しく脈打ち、彼の動きだけに意識が集中する。

フードで隠れているため、顔はよく見えない。だがスラリとした長身の体躯《たいく》にも、時折フードからこぼれる銀糸に似た髪にも、怖いほど覚えがある。

レイラの目前で足を止めた彼が、フードの中にある目をこちらに向けた。

久しぶりに見る琥珀色の瞳が、ギラリと光る。

「イライアス様……」

レイラがその名を口にすると同時に、強風がさっと吹き荒れた。

フードが剥《は》ぎとられ、彼の相貌《そうぼう》を露わにする。

隙のない琥珀色の瞳に、整った鼻梁《びりょう》、形のよい唇、風に揺れる銀色の髪。

猛々しさと美しさを兼ね備えた、まるで狼のような男だった。正しくは、本当に狼なのだが。

「レイラ、迎えに来た」

久しぶりに聞く低めの声が耳朶を打つなり、レイラの心はまた震え上がる。

「イライアスだって？」

冗談だろ？　とでも言うような調子でその名を口にしたダニエルが、次の瞬間、口をつぐんで硬直した。

イライアスの胸元で輝く紋章に気づいたからだろう。

狼を象る紋章は、王家の証だ。

「う、嘘だろ……」

ダニエルのつぶやきと同じことを、レイラも考えていた。

もう二度と会うはずのないイライアスと、今こうして対面している。

それも、こんな田舎の片隅で。

国王自らが馬に乗って辺境の地に赴くなど、前代未聞である。

「迎えに来たとは、どういうことですか……？」

「君の力が必要になった。城に同行してくれ」

それからはもう、訳が分からない状態だった。

突然の国王の来訪に度肝を抜かれているダニエルとポーラが見守る中、レイラはイライアスとともにザルーラ城を目指すこととなる。

仮にも、この国の王が馳せ参じたわけだ。遅れて従者、もしくはキースが来るのかと思ったが、そんな気配はない。

どうやら彼は、正真正銘ひとりでやってきたらしい。

イライアスに抱きかかえられるような形で、レイラはどうにか馬に騎乗する。

生まれて初めての乗馬に怯えるレイラを、イライアスは少々痛いほど後ろからぎゅっと抱きしめると、手綱を握った。

（私の力が必要って、どういうことかしら？）

イライアスが詳細を教えてくれないので、彼とともに馬で草原を駆けながら、レイラは悩み続ける。

（考えられるとしたら、クリストファー様も愛用なさってる、万能薬関連だわ。ひょっとすると、調合法が分からなくなったから、また教えてってことかしら？　でも、メアリーに限って忘れるなんてあり得ないわ。それに、そんなことでわざわざイライアス様がじきじきに私を迎えに来る？）

もしかすると万能薬の効力が切れ、再び番《つがい》認定されたのかもと焦ったが、首筋に噛み痕が浮き出た様子はない。

だから、イライアスがそういう意味でレイラを求めているとは考えにくい。

それにそもそも、彼はもう婚約者のいる身。今さら、レイラの出る幕などないだろう。

その証拠に、馬に乗っている間、彼は終始無言だった。

途中で宿に泊まったが、部屋ももちろん別である。

とはいえ、ほとんど言葉を交わさないのに、馬上で背後から抱きしめる力はやたらと強かった。馬に不慣れなレイラが落ちないよう、注意してくれているのだろう。

翌朝、イライアスとレイラを乗せた馬は、王都エンメルにたどり着いた。

跳ね橋を駆けて、王宮敷地に入っていく。厩舎ではなく、イライアスはそのまま本宮に向かうようだ。

「お待ちしておりました」

本宮の入口にはキースがいて、イライアスの到着を待ち構えていた。

イライアスはひらりと馬から飛び下りると、当然のようにレイラに手を差し出す。

戸惑いながらも彼の手を借りて、レイラは地面に下り立った。

(ここにもう、二度と来ないと思っていたのに)

白亜の宮殿を、不思議な気持ちで見上げる。いまだになぜ自分が城に呼ばれたのか説明がないままだし、イライアスも話す気がなさそうだ。

レイラは、救いを求めるようにキースに目を向けた。

すると。

「お久しぶりです、レイラ様」

表情の乏しいはずの顔をにこっとさせて、キースが微笑んだ。

彼が笑ったところを見るのは初めてで、レイラは開いた口が塞がらない。

（あのキース様が笑ってるなんて、いったい何があったの？）

困惑した状態で、謁見の間に連れていかれる。

中には、この城の重鎮たちが勢ぞろいしていた。

バッセル侯爵とカールの姿もある。

「これは……」

ただならぬ空気に怯え、すがるようにイライアスを見た。

するとイライアスが、大丈夫とでも言うように、口の端を上げてみせる。

何ひとつ状況を把握できないまま立ち尽くしていると、バッセル侯爵がカールを連れて歩み寄ってきた。それから目前で、レイラに向かってうやうやしく礼をする。

「首を長くして、あなたがお戻りになるのをお待ちしておりました。レイラ様、この度はご婚約おめでとうございます」

バッセル侯爵が、見たこともないほど和やかな笑みを浮かべている。

レイラはますます混乱した。婚約したのは、レイラではなくイライアスである。

「婚約とは……？」

「決まっているではないですか。陛下とあなたのご婚約ですよ。あなたが城を去られてから議論がなされ、結果、あなたを王妃に認めることが決まったのです。満場一致での同意でしたから、この城におふたりのご結婚に反対する者はもういません」

いったい彼は何を言っているのだろうと、レイラはいぶかしんだ。

あれほど息巻いてレイラを妃に据えることに反対していたバッセル侯爵が、まるで人が変わったように、結婚に賛成すると言っている。

身分については、もはやどうでもいいのだろうか？

するとバッセル侯爵が、レイラの戸惑いを分かっているかのように言った。

「調査の結果、あなたが、実は伯爵家の出だと分かったのです」

寝耳に水な話である。

「は、伯爵ですか……？」

あまりにも驚いたため、声が分かりやすく裏返った。

「はい。あなたは、三代前の王女を支えた薬師、ハロルド・ブライトンの子孫なのだとか。優秀な薬師だったブライトンは、数々の功績から、伯爵位を与えられていたのですよ」

（何それ、嘘みたい）

ど平民の自分が伯爵家の子孫だったなど、夢でも見ているようだ。

レイラの知らないところで、話があらぬ方向に進んでいたらしい。

（つまり、イライアス様の婚約者って、私ってことなの？）

いまだ事の状況が呑み込めずにいるレイラに、バッセル侯爵が続け様に告げる。

「先日は、愚息ともども、擁護していただきありがとうございます。あのとき、あなたのお人柄が身にしみて分かりました。あの日から、あなたのような知的で思いやりのある方こそ、正妃になられるべきだと考えを改めるようになったのです。ですから率先して議会に持ちかけ、此度のご結婚話を進めた次第です」

それからバッセル侯爵は、隣にいるカールの頭にポンと手を置いた。

「あなたからのご指摘を受け、息子の将来についても考え直すようになりました。私はこの子を、力づくにでも陛下の右腕にしようとしていましたが、間違っていたのでしょう。いつからか、この子は子供らしさを失ってしまった。ですが植物学に詳しいことを知ってからは、歩む道を強要するのをやめました。最近は、いずれは生物学者になるのだと、子供らしい笑顔を見せるようになったのですよ」

バッセル侯爵の手のひらの下で、レイラに向かって、カールが照れたように笑った。

たしかにその笑顔は、見たこともないほど無防備で子供らしい。

「そうですか。それは、よかったです」

自分のことのように嬉しくなって、レイラも自然と微笑んだ。

バッセル侯爵が語り終えると、あたりから口々に祝いの言葉が述べられる。

王妃になるのは恐縮だが、いまだ彼を愛しているレイラにとっては、嬉しい話だった。

だが、気がかりがひとつある。

(私はもうイライアス様の番《つがい》じゃないから、今さら結婚話が進んでも、イライアス様は迷惑なんじゃないかしら。なぜ反対をしなかったの？)

終始何も喋ろうとしないイライアスからは、心情が読み取りにくい。

レイラは、困惑するよるほかなかった。


その後は久しぶりに、以前使っていた部屋に通された。

城を出たときとまったく同じ状態で、ほんの数ヶ月暮らしただけなのに、懐かしさが込み上げる。

いろいろなことが矢継ぎ早に起こって、ひとりになったとたん、肩にどっと疲れがのしかかった。

そのまま、ベッドに倒れこむようにして眠りにつく。

目を覚ますと、窓の向こうが夕暮れ色に染まっていた。

思った以上に長い間、眠ってしまったらしい。

ふと、頭に温もりを感じた。

イライアスが、ベッドに座って、本を片手にレイラの頭を撫でている。

「イライアス様……」

「やっとお目覚めか、俺の眠り姫」

向けられた彼の視線は、以前のように柔らかい。

「どうして、こんなところにいらっしゃるのですか？」

「婚約者の部屋で寝顔を見るのが悪いことか？」

「婚約者……」

イライアスのそのセリフで、重大なことを思い出したレイラは、跳ねるように飛び起きた。

「イライアス様。その、バッセル侯爵が今さら結婚話に乗り気になったようですが、お困りになっていたのではありませんか？」

「なぜ困るのだ？」

「だって私は、もうイライアス様の番《つがい》ではないのですから。なんの執着もないでしょう」

そんな裏事情がありながら、一度婚約を望んだ手前、イライアスは引くに引けなかったのだろう。

「たしかに、君はもう俺の番《つがい》ではない。君のご先祖が開発したあの薬は、しっかり効いたよ。噂どおり、ブライトン卿は凄腕の薬師だったようだな」

「それなら、どうして……」

するとイライアスが腕を伸ばし、レイラの頬に触れた。

久しぶりに肌に感じる彼の体温は、溶けるほど温かい。

「番《つがい》だとか、そんなことは関係なかったんだ。俺は今でも、この世の誰よりも深く君を愛している。むしろ番《つがい》でなくなって、そのことを嫌というほど思い知らされた」

間近で、まっすぐにレイラを射抜く、朝焼けの空のように澄んだ琥珀色の瞳。

しばらくの間、レイラは何を言われたか理解できず、呆けたように固まっていた。

やがて喉をついて出てきたのは、驚きと歓喜が入り交ざった震え声だった。

「うそ……」

「嘘ではない。何度でも言おう、君を心から愛している。君が噛み痕に薬を塗る前から、分かってはいたがな」

「そんな、どうして私なんかを……。あなたのお相手にふさわしい方は、もっとほかにいらっしゃるのに」

やはり、にわかには信じがたい。

この国を変えた偉大なる王と、田舎娘の自分とでは、どう考えても釣り合わないからだ。

「どうしてだって？　愚問だな」

イライアスが、朝焼け色の瞳を細めて笑う。

レイラの心を不安ごと包み込むような、大人びた笑みだった。

「君だけだった。ちっぽけだった獣の俺を、労わり、慈しんでくれたのは。あの頃からずっと、いつかは妻として君を迎えることを、俺は心に決めていた。君が自分のことをどう思おうと構わない。それでも俺の中では、この世でもっとも美しく尊い女《ひと》だ。君以外は考えられない」

「イライアス様……」

イライアスの深い思いがストンと胸に落ちてきて、レイラの心を震わせる。

鈍感なレイラにも、彼がどれほど自分を必要としてくれているか、ようやく伝わった。

どうして自分なんかがというおこがましい思いは消えていないが、泣きたいほど嬉しい。

「だがどんなに結婚の覚悟が固くとも、城中から反対されている状況で、君をここにとどめるのは酷だと思った。だからいったん君を手放し、その間に結婚話をまとめていたんだ。迎えに行ける日を、指折り数えながら。ついでに言うと、ブライトン家に伯爵位がなくとも、強引に結婚話をまとめるつもりだった」

「……では、どうして迎えに来たときすぐに教えてくれなかったのです？　長い間、ともに馬に乗っていたのに」

「俺の口から言っただけで、君は信じたか？　城に戻るのを拒まれたら困るから、ドミニクが君を認めたと公言するまで、黙っていたんだ」

愛しげに、レイラの頬を滑るイライアスの指先。

その触れ方の優しさに、胸の奥が熱く疼《うず》いた。

イライアスが、物憂げに口を開く。

「それにそもそも、愛しているから、君に番《つがい》の証をつけたんだ。仔狼だった頃から、俺はずっと君だけを想ってきた。そしてそれは、この先も変わらない」

「イライアス様……」

一寸のブレもない彼の視線には、真摯な想いが込められていた。

「レイラは、この日記をすべて読んだのか？」

そこでイライアスが、手にした本を見せてくる。

古ぼけた薄紅色の革製の表紙には、見覚えがあった。

「アニエス王女の日記ですか？　はい、だいたいは」

他人の、しかも王女の日記を読むなどおこがましいが、正直に答える。

「そうか、なら話が早い。アニエス王女は俺と同じ先祖返りだったが、うまく制御できず、苦労したらしい。そして、懇意にしてくれた王宮薬師と禁断の恋に落ちた。その薬師とは、君も知ってのとおり、ご先祖のブライトン卿だ」

「はい。アニエス王女には婚約者がいたのに、ふたりの関係が明るみになって、彼は王宮を追われて〝死霊の森〟に逃げ込んだんですよね」

「その後のことは知ってるか？」

含んだように問われ、レイラはかぶりを振った。

「いいえ、存じ上げません。ですが、想像はつきます。彼はあの薬を調合し、噛み痕に塗って、王女との番《つがい》関係を解消したのでしょう。そしておそらく、別の方と結婚されたのかと」

ハロルド・ブライトンが誰かとの間に子を生していなければ、レイラは今ここに存在しない。

アニエス王女も、おそらくかねてからの婚約者だった隣国の王子と結婚したのだろう。

「アニエス王女は婚約者との結婚を破棄して、生涯独身を貫いたらしい」

「え……？」

思いがけないイライアスの言葉に、レイラは瞠目《どうもく》する。

「そんな。番《つがい》関係は解消されたのに、どうして……」

「俺には分かるよ、レイラ。俺と同じように、あの薬は効いたのかもしれないが、王女の心を動かしはしなかったのだろう。アニエス王女はおそらく、生涯ブライトン卿を愛し続けたんだ。そもそも番《つがい》の証は、愛している人間以外にはつけたいとも思わないのだから」

「……そうだったのですね」

それはそれで、悲しい恋の結末だと思った。

生涯の愛を誓ったブライトン卿は、別の妻を娶ったというのに、胸が痛い。

だがそこで、イライアスが予想外のことを言う。

「ブライトン卿も同じだ。生涯独身を貫いた」

「え……？　でも、だとしたら私はどうして生まれたのですか？」

「君との結婚話を進める際、爵位の関係で、調べさせてもらった。君の曾祖父にあたる人は、正しくはブライトン卿ではなく、彼の弟なんだ。ブライトン卿は、亡くなった弟の子を引き取っていたらしい」

レイラを育ててくれた亡き祖父の顔が、頭に浮かぶ。

亡くなったハロルドの弟の子——それはつまり、祖父のことだろう。

（ああ、そうだったのね。ハロルドも、生涯アニエス王女を愛し続けたんだわ）

番《つがい》関係が解消されても、相手を恋しく想う気持ちは、レイラにも充分すぎるほど分かった。

初めて知る事実に胸がじんわりとし、目元が熱くなる。

イライアスが優しい手つきで、頬に流れ落ちた涙をぬぐってくれた。

「君はどうだ？　俺と離れて、どんな気持ちでいた？」

懇願するようなまなざしが、レイラに向けられる。

「君の気持ちも聞かせてほしい。君は、俺を愛しているか？」

レイラは、涙ながらに微笑んだ。

「——愛してます。ずっと、愛していました」

素直な気持ちを、今、初めて彼に告白した。

イライアスが琥珀色の瞳を見開いて、くしゃっと少年じみた笑みを浮かべる。

それからレイラの唇を濡らす涙をぬぐうように、自らのそれを重ねてきた。

(なんて温かいの)

彼の唇を久しぶりに感じて、レイラの胸が、これ以上ないほど熱くなった。

ついばみ、こすりつけ、角度を変えてじっくり触れられる。

深くはないが、真心を感じるキスだった。

ふわふわとした心地のよい感覚に、永遠に身をゆだねていたくなる。

いったん唇を離したイライアスが、額同士をくっつけたまま、キスの余韻でぼうっとしているレイラを穏やかに見つめた。

「こういうのもいいな、落ち着いて君に触れていられる」

「以前は、落ち着いてはなかったのですか？」

「ああ、番関係《つがい》だった頃は、一刻も早く君の中に入りたくて仕方なかった。今気づいたよ。俺は本当は、こうやって君にじっくり触れたかったんだ」

再び、唇を重ねてくるイライアス。

何度も柔らかにこすられるたびに、次第に体の奥が疼《うず》いてくる。

「ん、ふぅ……」

たまらず、レイラが甘い声を漏らすと、湿った感触が唇の合わせ目から入り込んできた。

舌先だけをぬるぬると舐められると、腰が砕けたようになって座っていられなくなる。

イライアスが、力をなくした彼女をそっとベッドに横たえた。

キスは次第に深くなり、ちゅくちゅくという甘い水音が室内に鳴り響く。

「――レイラ」

ときどきそうやって愛しげに囁かれながら、見惚れるほどきれいな琥珀色の瞳に見つめられると、たまらない幸福を感じた。

充分にレイラの唇を味わったあとで、イライアスがようやく顔を離す。

濡れたまなざしが、レイラを包み込んだ。

「イライアス様……」

キスをしただけなのに、下腹部が切なさに悶えているのが分かる。久しぶりだからか、彼が早くほしくて仕方がない。

だがそんなはしたないことを口にはできなくて、代わりにレイラは、ぎゅっと逞しい背中を抱きしめた。

「どうした、レイラ？　顔が真っ赤だ。それに、どうして腰を俺にこすりつけてくる？」

意地悪な物言いで問われ、レイラはますます赤くなる。

レイラがどうしようもなくイライアスを求めていることに、彼も気づいているはずだ。

それでもこうやってわざとレイラを羞恥に追い込むのが、彼は好きらしい。今までも幾度かそういう場面があった。

泣きそうになっているレイラを満足げに見つめたあとで、イライアスが口元をほころばせる。

「かわいいレイラ。俺がほしいか？」

「……はい」

「そうか、君に求められるのは最高に嬉しいな」

素直に答えられたご褒美とばかりに、イライアスが今度は耳に舌を這わせてきた。

耳腔を刺激されると、ぴちゃぴちゃという卑猥な音が脳髄に響いて、羞恥のあまり逃げ出したくなる。

「それ、いやぁ……」

「やめてほしいか？　だが、今日は無理だ」

耳に吐息を吹き込むかのように、甘く囁かれる。

「言っただろう？　今日は時間をかけて、思う存分君を堪能したい」

言葉どおり、イライアスは唇を滑らせると、続けて首筋から鎖骨にかけて丹念に舐め上げる。

おもむろに手を取られ、指の一本一本からその付け根まで、余すところなく舌を這わされた。

「や、あぁん……」

なんでもないような部分を刺激されただけで、じりじりと体にしびれが走り、体の中心が熱くなってくる。

だがイライアスは、首筋や手などを愛撫するだけで、肝心なところには触れてこなかった。

ボタンのひとつすら外そうとしない。

「お願い、服を脱がせて……」

羞恥をこらえ、泣きそうになりながら懇願すると、イライアスがうっとりとした表情を浮かべた。

「脱ぎたいか？　では、自分で脱いでみろ。俺はここで見てるから」

「そんな……」

レイラはますます涙顔になるが、イライアスの方はと言うと、潔くレイラから離れてさっそく見物の体勢に入っている。

有無を言わさぬ空気に圧されるように、レイラはおずおずとベッドの上に身を起こした。

胸元のボタンを外し、袖から腕を抜いて、ワンピースをずり下げていく。

白のシュミーズ姿になると、レイラはイライアスに視線を向けた。

「まだ残ってるだろう？」

予想はできたが、やはり全部脱がないといけないらしい。

レイラは意を決すると、シュミーズを脱ぎ捨て、下穿きも取り払った。

胸を隠しながらもじもじとうつむいていると、今度は窓辺に立つよう催促される。

真昼の光に照らされ、生まれたままのレイラの姿が露わになった。

人よりも大きめに実った乳房の先端は、薔薇色に色づき、触れられてもいないのにすでに勃ち上がっている。引き締まった腕やふくらはぎには、働くことに慣れている田舎娘特有のみずみずしい美しさがあった。

ごくりと、イライアスが喉を鳴らす。

「以前よりも、胸が大きくなったな。俺がいっぱい揉んだからだろうか？　乳首もさんざんなぶったしな」

わざとのように卑猥な語句を並べられ、レイラは羞恥で真っ赤になる。

「胸は大きいのに、腰はくびれていて、厭らしい体だ。恥ずかしくないのか？　こんな情欲をそそる体を男の目にさらして」

「恥ずかしいけど、イライアス様だから……」

おずおずとそう返事をすると、イライアスの喉仏が再び大きく動いた。

「――そうか。俺だからいいのか」

不自然な呼吸をしながら、イライアスが答える。

今にもトラウザーズを突き破りそうな彼の怒張が、レイラの目に入った。

「俺も脱がせてくれ」

レイラの視線に気づいたイライアスが、微笑みを浮かべながら立ち上がる。

レイラはゆっくりと彼に近づくと、肌触りのよいシルクのシャツのボタンをひとつひとつ外し、逞しい腕をスルリと袖から外した。

露わになった彼の肉体は、間近で見ると、彫刻像のごとく美しかった。

鍛えられた胸筋、極限まで絞られた腹筋。

柔らかいだけの自分の体とはまったく違って、惚れ惚れしてしまう。

「もう終わりか？」

シャツを手にしたままぼうっとしていると、先をうながされた。

レイラは恥じらいつつも、彼のベルトに手をかけ、トラウザーズをずり下げた。

雄々しい彼の昂ぶりが、否が応でも目に飛び込んでくる。

（これが、イライアス様の……）

こんなにも明るい光の下で、直に目にするのは初めてだった。すでに大きく張り詰めているそれは、美しい容姿には似つかわしくない獰猛さを放っている。

だが、見ているうちに不思議な愛しさが胸に込み上げてきた。

（前にここに触れたとき、イライアス様はすごく気持ちよさそうにされていたわ）

トラウザーズの上からしごいただけで、彼はひどく悩ましい顔を浮かべていた。

彼の情欲を自らの手で引き出せるのは、いつもされてばかりのレイラにとって喜ばしいことだ。

（そういえば、キース様からいただいた指南書には、男の人のここを慰めるやり方が、詳しく書いてあったはず）

記憶をたどったレイラは、思い切って彼の前でわずかにかがむ。

そして自分の胸を持ち上げると、目の前の昂ぶりをそっと包み込んだ。

「レイラ？」

イライアスが、息を呑む気配がする。そうやって彼の驚きを引き出せたことすら、快感へと変わっていった。

人を愛するというのは、きっとこういうことなのだろう。

レイラは彼の昂ぶりを柔肉に挟み込んだまま、指南書で見たとおり、ゆっくりと上下にこすった。

「ハ……ッ」

すぐさま、イライアスが気持ちよさげに息を吐く。

「どこで、こんなことを覚えたんだ……」

「キース様からいただいた指南書に書いてありました」

「――あいつめ。レイラになんてものを」

憎々しげに言いながらも、イライアスはレイラのその行為を咎める様子はない。

乳房の間に挟まれた彼の勃立は、摩擦を重ねるにつれ、ますます質量を増していった。

「ハァ……」

うめいているイライアスは、相当気持ちがいいようだ。

レイラは嬉しくなって、その行為を続けた。そのうち、挟み込んだ先端に透明の液がにじんでくる。

なんとなくそのままにしておくのがもったいなくて、ペロリとそれを舐めとってみた。

苦みのある味が口の中に広がる。決して美味しくはないが、彼の一部を体の中に吸収できた悦びで心が満たされた。

イライアスが、ビクッと腰を揺らす。

レイラはそのまま、両胸で雄芯を挟み込みながら、先端をペロペロと舐め続ける。

ところが、舐めても舐めても透明な液があふれてきて、終わりがない。

思い切って、今度はぱくっと口の中に含んでみた。

（さすがに嫌がられるかしら？）

心配になり、先端を口の中に含んだまま、上目遣いでちろりとイライアスの様子をうかがった。

「……っ！」

その瞬間、見たこともないほど顔を真っ赤にしたイライアスが、急くようにしてレイラから体を引き離す。

「お嫌でしたか？」

「そんなわけがないだろう！　君は、本当に――」

それ以上は言葉にならなかったようで、イライアスは頬を紅潮させたまま、裸のレイラを横抱きにした。壊れ物を扱うように、優しくベッドに寝かせられる。

「かわいいいたずらは嬉しいが、あれでは俺が持たない。今日は時間をかけて君を堪能する予定なのだから」

そう言うなり、イライアスは、レイラの全身をくまなく舐めることに没頭し始めた。脇の下、腕、そして指先。腰、太もも、足の指一本一本に至るまで、丁寧に舐めしゃぶられる。

胸の膨らみやお腹にも円を描くように舌を這わされるが、わざとのように、肝心なところには触れてこなかった。

（あ、あと少し……）

乳輪にかからないぎりぎりのところや、恥毛の生え際ばかり責められるようになって、レイラはもどかしさに腰をわななかせる。

「乳首が俺をほしがるように尖っている。なんてかわいいんだ」

「やだ、そんなこと言わないで……」

「ここもすごいな。真っ赤に熟れて、ひくつきながら蜜をこぼしているじゃないか」

レイラの足を広げ、しとどに濡れたそこをじっくりと観察しながら、イライアスが恍惚とつぶやいた。

「イライアス様ぁ……」

いよいよこらえられなくなったレイラは、全身を震わせながら、涙目で彼を見上げる。

情欲に満ちた琥珀色の瞳になぶるような目を向けられているだけで、果ててしまいそうだ。

それほど、体のすべてが限界に近づいている。

そんなレイラをうっとりと眺めたあと、イライアスはついに、硬くなった胸の先を濡れた舌先でツンとつついた。

「やあぁっ……！」

さんざん愛撫された体は、たったそれだけのことで、あっという間に果てを迎えてしまう。

レイラが達している最中から、イライアスは丹念に胸の先だけを舐めしゃぶってきた。口に含み、引っ張るようにして吸い上げ、乳輪ごと食まれる。

左右平等に、たっぷり時間をかけて同じ行為が繰り返された。

胸の先がじんとしびれ、もはや自分とは別の生き物になってしまったかのような錯覚を覚えた頃、今度は蜜にまみれた女陰に舌を当てられた。

「ああっ、んあぁ……っ！」

もっとも敏感なそこをようやく刺激され、再び体が極限に昇りつめていく。

あっという間に脳が真っ白に染まり、レイラは悲鳴に似た嬌声を上げた。

イライアスは宣言したとおり、いつもの何倍も時間をかけて、そこを舌で余すところなくほぐしていった。

「レイラ、知ってたか？　俺は食事している時間よりも、君のここを舐めている時間の方が長いようだ」

ジュッジュッ、と蜜壺に唇をあてがわれながら、知る由もないことを告げられる。

すでに隆起していた赤い陰核も、舌でさんざんくじかれ、強く吸引された。

「あぁ……っ！」

「つまり俺のこの舌は、君を愛撫するために生えているのだろう。ここをこうして舐めているとき、たまらなく安心するからな。叶うなら、昼も執務机に君を座らせて、一日中こうしていたいくらいだ」

陶然とつぶやかれたその声は、半ば本気に聞こえて、恐怖心すら覚える。

何度か気を遣り、レイラの意識が混沌としてきた頃、充分すぎるほどぬかるんだそこにイライアスがぐっと腰を押しつけた。

ちゅぽんという感触とともに、彼の雄が、いとも容易く奥へと侵入してくる。

「すごい……」

最奥に当てるなり、動きを止め、イライアスが苦しげに唸った。

琥珀色の瞳が、色情にとろんと揺らいでいる。すぐに、激しい律動が始まった。

「ああ、気持ちいい……」

「ああ、あっ、あっ、イライアスさま……っ！」

さんざん果てたはずなのに、彼の雄芯によってもたらされる快感は、これまでの比にもならなかった。

潤みきった蜜壁が、隅から隅までこすり上げられていく。

ずちゅずちゅという水音が絶え間なく響き、聴覚を翻弄した。

白んだ世界で、レイラは恍惚としながら、上下するイライアスを見つめていた。

銀色の髪から汗をしたたらせ、男の色香を霧散させながら、イライアスも幸せそうにレイラを見つめ返す。

そのままレイラが一度果てるのを見届けると、イライアスは彼女の体を抱き起こし、胡坐《あぐら》をかいた膝の上に座らせた。引き寄せられるように、唇と唇が重なる。

優しいキスとは対照的な、拷問のような下からの突き上げが始まった。

「あっ、これ、すごく深い……っ」

レイラは彼の背中につかまり、荒波のように襲いかかる刺激に必死に耐える。

「気持ちいいか？」

「ん、きもちい……っ！」

レイラが背中をのけぞらせると、彼の目前で、踊るように乳房が跳ねた。

餌にしゃぶりつく獣のように、イライアスは目の色を変えて乳房に舌を這わせ、獣のごとく腰を打ち上げ続ける。

「んん、あぁぁ――っ」

また気を遣っても、彼は止まらなかった。

どんなに抱いても物足りないとでも言うように、イライアスは繰り返しレイラを抱いた。

イライアスがレイラの中にいない時間はほとんどなかったほど、ふたりはずっと繋がっていた。

一時的に城に召し上げられるつもりだったが、イライアスの正式な婚約者として、レイラはそのまま城に滞在することになった。

とはいえイライアスはハナからそのつもりでレイラを迎えに行ったため、リネイラを出発する際、ひそかにその旨をポーラに伝えていたらしい。

レイラはそのことを、再会してから数度目になる情事の際、睦言で耳にした。

「そうだったのですね。ポーラは驚いていませんでしたか？」

落ち着いているとはいえ、この間まで病で床に伏していた彼女のことだ。青天霹靂の話に衝撃を受け、体に負担をかけたのではと心配になってしまう。

「大丈夫だ、涙を流して喜んでいたぞ。君に、いい結婚相手が見つかってよかったと言っていた」

「そうでしたか」

ポーラがレイラの結婚相手に高望みをしていたのは知っているが、まさかこれほどの相手が見つかるとは思っていなかっただろう。

結果として孝行できたのかもしれないと、レイラはホッとする。

「それから彼女だが、遠い地でひとりにするのは心配だろう。よければ、城に住まわせるといい」

「本当ですか？　でも、いいのでしょうか？」

権威主義のザルーラ王室が、平民を城に住まわすなど、今までであれば考えられない。

「彼女は俺の妻となる君を支えてくれた、俺にとっても大事な人だ。近くに住まわせて何が悪い？」

「ですが、ポーラは平民ですし……」

「レイラ、時代は移ろっている。貴族だけを重んじる王室の考え方はもう古い。貴族と平民が互いに支え合う時代がいずれくるだろう。いや、この国の未来のためにはそうならいといけない。俺の行いで、この王室をいい方向に導きたいんだ」

輝くようなまなざしでそう言われ、レイラは、残虐王との異名を持つこの若き王の、秘めた野心と優しさを知った。

ひとりの男として彼をこのうえないほど愛しているが、君主としても崇拝している。彼の治める国に暮らし、そして彼の支えとなれて幸せだ。

「素晴らしい考えですね。あなたの妻となれることを、誇りに思います」

「それは俺のセリフだ」

そしてまた瞳が交わり、ふたりはどちらからともなく唇を合わせる。

そのまま重なるようにして寝具に沈み込み、また互いの温もりに溺れていった。


レイラが薬舎に行けたのは、イライアスがようやくベッドから解放してくれた三日目のことだった。

調合台でいつものように仕事に励んでいたメアリーは、レイラが薬舎に現れるなり、表情を輝かせ駆け寄ってくる。

「レイラ、元気だったの!?　陛下の婚約者があなただと聞いて、心臓が止まるほど驚いたのよ！」

　そこで、我に返ったように口元を手で覆うメアリー。

「申し訳ございません……！　王妃となる方に、このような無礼な物の言い方をして」

「メアリー、そんな口のきき方はやめて。愛した人がたまたま国王陛下だったから王妃になるってだけで、私はあなたの知っているただのレイラよ。これからも何も変わらないわ」

　するとメアリーが、いたずらをしたあとの子供のようにクスクスと笑った。

「冗談よ。あなたならそう言うと思っていたわ。平民のことも薬師のこともよく分かってくれているあなたが王妃になって、私としては心から嬉しいの。これからも仲良くしてくれる？」

「もちろんよ。私の方こそ、近くにあなたがいてくれて心強いわ」

　薬草の匂いが満ちた薬舎の中で、ふたりは微笑み合った。

　メアリーは、生まれて初めてできたレイラの同性の友達だ。

　今までとは打って変わった城での生活には不安もあるが、こうして薬舎に行けば彼女が出迎えてくれるなら心強い。

「もしかして、王妃になっても薬作りを続けるつもりなの？」

「もちろんよ。薬を作るのは、昔から大好きだもの。国にも貢献できるわ」

「ふふ、あなたらしいわね」

と、そのとき。

「レイラ！」

バンッと背後の扉が開いて、レイラは身を竦ませた。

振り返ると、クリストファーが顔を真っ赤にして立っている。

ほんの二ヶ月見なかっただけだというのに、なんだか少し背が伸びたような気がした。

レイラは微笑ましくなって、少年王子に語りかける。

「クリストファー様、お久しぶりです。少し見ないうちに、大きくなられましたね」

「レイラ、兄上と結婚するって本当か!?」

どうやら必死の形相で唇を震わせている彼は、レイラがイライアスの妻となることに、憤りを覚えているようだ。

クリストファーは、年の離れたイライアスを、兄としても国王としても心から尊敬している。

だから、レイラのようなしがない伴侶を娶ることに、納得がいっていないのだろう。

ほんの少し心が傷ついたものの、レイラはまたすぐに微笑を浮かべた。

「本当です。私のような者がお兄様の婚約者となることを、どうかお許しください。心からイライアス様を愛しているのです」

これほどはっきりと自分の気持ちを口にできるようになったのは、イライアスに愛されているという自信があるからだろう。今までのレイラでは、考えられない行動だ。

顔を近づけ、まっすぐにクリストファーを見つめる。

真摯な気持ちが、純粋な彼に伝わるように。

するとクリストファーが、「……うっ」と詰まったような声を上げる。

顔がますます赤くなっていた。

しばらく押し黙ったのち、拗ねたようにぷいっと顔を背けるクリストファー。

「……百歩譲って許してやる。だから、兄上を……幸せに、するんだぞ」

「はい」

怒らせてしまったのかもしれないが、やっぱりかわいい。

レイラはたまらなくなって、その金色の頭を優しく撫でた。柔らかな毛の感触は、やはり仔狼の頃のアンバーを彷彿させる。

(イライアス様が見てたら怒るかもしれないけど、今だけならいいわよね)

「……おい、子供扱いするな」

「ごめんなさい、ちょっとだけですから」

クリストファーはふてくされた顔をしながらも、逃げようとはせずに、真っ赤な顔のままレイラにわしゃわしゃと頭を撫でられていた。

◆

およそ半年後。

イライアスとレイラの結婚式が、王都エンメルにある教会で厳かに執り行われた。

国王の結婚式が、国民に開かれた教会で行われるのは、ザルーラ王国史上初めてのことである。

出席者は貴族から平民まで多岐にわたり、権威主義のザルーラ王室において、身分の壁が取り払われた記念すべき日ともなった。

誰しもがこぞって教会に詰めかけ、若き王の革命的な結婚を祝福した。

ステンドガラスから、色とりどりの光が、神父のいる主祭壇に降り注いでいる。

その脇に立つこの国の若き王イライアス・アルバン・ザルーラは、教会の入口からこちらへとゆっくり歩んでくる彼の花嫁を、うっとりとしたまなざしで見つめていた。

花嫁は、ドレープが長く尾を引く、見事なウエディングドレスを身にまとっている。襟元までしっかりと詰まった貞淑なデザインにしたのは、彼女の体をほかの男の目にさらしたくないからだ。

真っ白なベールから、薄桃色の艶のある唇だけが見え隠れしていて、こんなときだというのに彼の情欲をそそった。

彼もまた、金糸模様の縫い込まれた濃紺の軍服に、オフホワイトのトラウザーズという、由緒正しい正装に身を包んでいた。

襟元では、狼を象った王家の徽章《きしょう》が、己を主張するように光り輝いている。

特別な日の今日、イライアスは、銀色の髪を後ろに撫でつけていた。

いつも以上に彼の雄々しさと精悍さが引き出され、参列席にいる女性たちを虜にしているのだが、花嫁しか見えていない彼は気づかない。

やがて、ようやく花嫁が彼の前に到着した。

イライアスを見上げながら、ベールの内側で、恥じらうような笑みを浮かべるレイラ。

色とりどりの光の中で可憐に微笑む姿は、まるで女神のように美しい。

イライアスも、彼女以外には向けたことのない、優しさにあふれた笑みを返す。

「あの国王陛下が笑っているぞ！」

「狼神様が、あんな優しい笑い方をなさるなんて……！」

参列席がどよめいたようだが、そんなことはどうでもいい。

とにかく、今すぐにでも彼女がほしくて仕方ない。

だがこんなところで盛ってはいけないと、必死に自身を戒めた。

神父による祝福の言葉のあとは、神への宣誓である。

「イライアス・アルバン・ザルーラ。神の聖名《みな》において、あなたはこの女を生涯の伴侶とすることを誓いますか」

「はい、誓います」

（愚問だ。骨の髄まで愛し抜いてみせる）

神への冒涜ともとれるセリフを心の中で吐きながら、イライアスは答えた。

「レイラ・ブライトン。神の聖名《みな》において、あなたはこの男を生涯の伴侶とすることを誓いますか」

「はい、誓います」

誓いの言葉を交わしたあとは、いよいよ誓いのキスである。

待ちに待ったイライアスは、はやる気持ちを必死に抑えながら、彼女のベールを上げた。

ようやく、愛しい顔が視界いっぱいに広がる。

薄紅色に染まった白い頬に、潤んだエメラルドグリーンの大きな瞳。

濡れた唇は、閨事《ねやごと》の際の彼女を彷彿とさせた。

(たまらないな)

いよいよ我慢の限界を超えたイライアスは、蜂が蜜に吸い寄せられるように、自然と彼女の唇に唇を重ねる。

思ったとおり、たまらなく甘い。

離れたくない。

(もっと)

一度離し、角度を変えてもう一度重ねた。

それでも足りなくて、舌が勝手にいたいけな口の中へと侵入していく。イライアスの勢いに圧され、レイラの体が背後へとのけぞった。

「ん……っ!」

彼女が悩ましい声を上げた直後、「ウホンッ!」と神父が咳払いをした。

イライアスは、しぶしぶ彼女から唇を離す。

人前での熱烈なキスが恥ずかしかったのか、彼女の顔が真っ赤になっていた。あまりのかわいさに、もう一度頬に短く口づけてしまう。

参列席を見渡すと、誰しもが、呆気にとられた様子でこちらを見ていた。

最前列に、澄まし顔のバッセル侯爵と、赤くなってうつむいているカールの姿を見つける。

その隣には、キースとクリストファーが座っていた。

こんなときすら無表情の従者だが、レイラを妃にしたいと宣言した際、多くの重鎮が反対する中で、『陛下がお望みであれば』と潔くイライアスの希望を受け入れてくれたのは彼だけだった。

合理主義なようでいて、本当は情に厚い男なのだ。

一方のクリストファーは、頬を膨らまし、ふてくされたような顔をしている。

年の離れたこの異母弟のことを、イライアスは昔からかわいがっていた。そのせいか、彼がひそかにレイラを好ましく思っていることにも、前々から勘づいていた。

おそらく、彼の初恋だろう。

初恋の女性が異母兄に嫁ぐなど、トラウマ級の嫌な思い出になるに違いない。

（だが、今回ばかりはお前の望んだとおりにはしてやれない。許せ、クリストファー）

イライアスはひっそりと、大人げない優越感を心の中で噛みしめた。

同じ列の端にいる老女は、レイラが世話になったポーラという名の婦人だ。娘のようにかわいがっているレイラの花嫁姿に心打たれているのか、しきりにハンカチで目元をぬぐっている。

その数列後ろで、およそ参列者とは思えない派手なドレスに身を包んでいるのは、ローズマリーという名の令嬢だった。父親であるリンガス公爵の隣で、苦虫を噛みつぶしたような顔をしている。

彼女には幾度となく言い寄られ、無下にはできずに適当にあしらってきた。ツンと鼻につく人工的な香水の香りにイライアスがうんざりしていたことなど、彼女は知る由もないだろう。

婚礼の儀式が終わると、イライアスはレイラの手を取り、教会の外に出る。

教会前の沿道には、世紀の結婚をひと目見ようと、大勢の人々が詰めかけていた。

「国王陛下、万歳！」

「おめでとうございます！　ああ、なんて美しいふたりなの！」

花びらの雨とともに、怒号のような歓声を浴びる。

「きれいですね」

青空から舞い落ちてくる色鮮やかな花びらを、レイラは幸せそうに見上げていた。

「ああ、そうだな」

君の方がずっときれいだ、というセリフを、イライアスは喉で食い止める。

夜になってから、たっぷり耳元で囁けばいい。

彼女を賛辞するたびに、白くて艶めかしい肌が朱色に染まっていくのを見るのが、イライアスはこの世の何よりも好きなのだ。

そうやって、自分の妻となったばかりのレイラに、イライアスはすっかりのぼせ上っていた。

だがザルーラ城へと引き返す馬車に乗り込む間際、不測の事態が起こる。

「レイラ」

人混みをくぐり抜けてきた茶色い髪の男が、レイラを呼び止めたのだ。

リネイラまで馬でレイラを迎えに行った際、一緒にいた男だと、イライアスはすぐに気づいた。

「ダニエル、来てくれたのね！　嬉しいわ！」

レイラが、花がほころぶように笑う。

「ポーラがダニエルは急用で来れないって言ってたから、残念に思っていたのよ」

「迷ったんだけど……やっぱり君の花嫁姿が見たくなってね」

どことなく寂しげに、ダニエルが言った。

「それにしても驚いたよ、君の想い人が、まさかの国王陛下だったなんて。今度ゆっくり話を聞かせてくれないか」

「もちろんよ。近いうちに、またリネイラに遊びに行くから」

そこで、遠慮がちにイライアスに目を向けるダニエル。

だが、その顔はすぐに血の気を失っていった。

イライアスが、レイラに分からないように睨みつけていたからだろう。

馬車に乗り込むなり、イライアスはさりげない風を装って、レイラに話しかける。

「彼がダニエルなんだな。たしか、キースが君を市場で見つけたとき、一緒にいたという」

「ええ。万能薬を売りに行くときいつも手伝ってくれた、とても親切な人なんです」

「そうか。結婚話がまとまるまでの間、君とは二ヶ月ほど離れていたが、彼とは何もなかったのか？」

レイラに限ってそんなことはないとは思うが、念のため聞いてみる。

するとレイラが「え？」と上ずった声を上げた。明らかに顔が動揺している。

イライアスの胸に、暗雲が垂れ込めた。

「――何かあったのか？」

「いいえ！　その、何もなかったんですけど……。冗談半分で結婚を申し込まれたことはありました」

あたふたと答えるレイラ。とたんにイライアスは気色ばんだ。

「――――結婚だと？」

「冗談半分で、ですよ？　好きな人がいるからと、ちゃんと断りましたし。もちろん、イライアス様のことです」

恥ずかしそうにそう言われ、ひとまず気持ちを静めることができた。

だが、胸のモヤモヤは完全には消えてくれない。

（今すぐ馬車を停めてあいつのもとに戻り、昨夜は二時間彼女の女陰を舐めつくしたと教えてやろうか。いや、それともおとつい彼女に咥えてもらって口の中に放った話を、時間をかけて事細かに聞かせてやろうか）

およそ人には相談できない大人げないことを、胸の内で延々と考える。

（いや、それよりも――）

イライアスはひらめくと、隣に座る彼女の腰を引き寄せ、白い首筋にキスをした。

「イ、イライアス様……？　こんなところでいけません！　沿道にいる人たちに、窓から見えてしまいます」

「構わない。今すぐ君に、また番《つがい》の証をつけたい気分なんだ」

「でも、番《つがい》の証をつけない方が、落ち着いて接することができるっておっしゃってたではないですか！」

「気が変わった。愛する者に印をつけておきたいのは、抗えない獣人の本能のようだ」

気持ちが昂っているせいか、尻尾が外に飛び出てしまう。

耳は、ぎりぎりのところでこらえた。

銀色の尻尾を座席の上でパタパタさせながら、イライアスは彼女の首筋を愛撫するように牙で撫でつける。

「わ、分かりました。ただし、条件があります」

「条件？　なんだ、言ってみろ」

「私も、イライアス様の首に噛みつかせてください」

そう言ったあとで、レイラはふふっと少女じみた笑みを浮かべた。

冗談を言って、盛っているイライアスを鎮めようとしたのだろう。

その無邪気な姿があまりにもかわいくて、目が覚めたのはたしかだ。

だが、イライアスはふと思い直す。

「――それも悪くないな」

レイラに噛みつかれるところを想像したら、なんだか余計に興奮してきた。

全身の血流が速度を増し、勝手に尻尾が激しく揺れ動く。

「イライアス様、尻尾がものすごい勢いで揺れていますよ！　外から見えてしまうから引っ込めてください」

「興奮させた君のせいだ。見えないように、俺に抱き着いてくれ」

慌てたようにぎゅっと腕を回してきた愛しい妻の体を、イライアスもひしと抱き返す。

それから間違いなく一晩では終わらない結婚初夜のことを想像し、イライアスはこっそり口の端を吊り上げたのだった。

書き下ろし番外編

湖でイチャイチャするなんて聞いてません

レイラとイライアスが結婚し、一ヶ月が過ぎた。

「皇后陛下、ごきげんよう。今日もいいお天気ですね」

「ごきげんよう、皆さん。ええ、本当にそうですね」

レイラが侍女とともに回廊を歩いていると、行き交う宮廷人たちから次々と声をかけられた。レイラはひとりひとりに丁寧に声を返しながら歩き続ける。

ようやく自室に近づいた頃、傍に控えていた侍女が言った。

「このあとはいったん休憩を挟みまして、社交マナーと民俗学と税制のお勉強がございます。その後は孤児院への寄贈に貢献されたご婦人方を招いてのお茶会です」

「分かったわ。いつも丁寧に教えてくれてありがとう」

レイラが笑み返すと、侍女がはにかむように頬を染めた。

「こちらこそ、皇后陛下のようなお優しい御方にお仕えすることができて、光栄でございます」

自室にたどり着き、ようやくひとりきりになったレイラは、ベッドに腰かけホッと息をついた。

レイラの皇后としての生活は順調だ。皆は親しくしてくれるし、妃教育は大変だが、学ぶことは好きだった。祖父に教えてもらったこと以外はほぼ独学で身につけてきたレイラにとっては、夢のような環境だ。

とはいえ、皇后という恐れ多い肩書きには、どうしても気を張ってしまうものである。

束の間の休憩を取っていると、ドアをノックする音がした。

現れたのは、あろうことか夫のイライアスだった。相変わらず繊細な輝きを放つ銀の髪と琥珀色の瞳。

国王である彼は、真っ昼間のこの時間は執務に追われているはずなのに。

「イライアス様、こんな時間にどうされたのですか？」

よく見ると、彼は平民が着るようなシャツに茶色のトラウザーズという、見慣れない格好をしている。だが、どんな装いであろうと、持ち前の美貌と気品は隠しきれていなかった。

「レイラ、少し出かけないか？」

「出かけるって、今からですか？」

イライアスの急な申し出に、レイラは驚く。

「ああ、そうだ」

「……申し訳ございません。今日はまだ予定がたくさんあるのです」

「すべて延期にした」

「え……？　でも、皆様に迷惑がかかってしまいます」

予定を伝えてくれた侍女の顔を思い出し、レイラは慌てる。

するとイライアスはレイラに近づき、身をかがめて、そっと耳元で囁いた。

「心配するな、俺を誰だと思っている？　国王の命令に刃向かえる者は、君を除いてこの国にはいない。俺の妻は少々頑張りすぎるところがあるようだから、たまには息抜きも必要だと思ったんだ」

「イライアス様……」

優しいまなざしで見つめられ、レイラの胸がドクンと高鳴る。

結婚してからやや物腰が柔らかくなったとはいえ、冷徹国王のふたつ名のとおり、イライアスは基本的には人に厳しい。だが妻の前だけでは、孤独で優しい素の顔を見せてくれることを、レイラは知っていた。

そんなイライアスの素の顔を見るたびに、自分が彼にとって特別な存在で大事にされていることを実感し、幸せを噛みしめるのだった。


イライアスが用意してくれた濃い緑色の簡素なワンピースドレスを着たレイラは、ベージュのフード付きローブで目立つ銀髪を隠した彼とともに、城の裏口から馬車に乗り込んだ。御者は、もちろん今日も能面のような面構えのキースである。

馬車はどんどん王都郊外へと進んでいく。

ガタゴトと馬車に揺られているうちに、レイラはだんだん眠たくなってきた。

「疲れているのだろう。少し眠るといい」

イライアスに抱き寄せられ、逞しい肩に頭を預ける形になる。

国王であるイライアスの方がレイラよりも疲れているのだから寝てはいけないと思いつつも、彼の温もりを感じたとたん安心感に包まれ、抗えなくなった。

「ありがとうございます……」

そのままレイラは、温もりの中に吸い込まれるようにして、深い眠りについた。

「レイラ、着いたぞ」

頬に優しいキスの感触がして目を覚ますと、いつの間にこの体勢になったのか、レイラは彼の膝を枕にして横になっていた。

「わ、ごめんなさい」

急いで起き上がり、窓の外を見てさらに驚く。生い茂る緑の中に建つ小さな木造りの家は、レイラが長年暮らしたエドモンとポーラの家だった。

「どうしてこの場所に……？」

しかも城からこの場所までは馬車でも丸一日かかる。そんなに長い間、イライアスの膝を枕にして眠ってしまったのかしらと、レイラは慌てた。

「ポーラが侍女に、亡き夫の大事な形見を手元に置きたいと言っていたらしい。ナイフらしいのだが危険物のため、城に移り住む際に持っていくのを躊躇したようだ。赤の他人ならナイフの持ち込みなど禁止するところだが、妻の大事な人だ。彼女の望みを叶えてあげようと思ってな」

イライアスがレイラを抱き寄せ、額やこめかみにキスを落としながら言う。

城を離れ、キース以外の目がないせいか、イライアスの醸し出す空気がやたらと甘い。城で暮らすようになったポーラのことを、イライアスは多忙な中でも気遣ってくれているようだ。彼の優しさに、レイラはまた胸を震わせた。

「ありがとうございます、イライアス様」

ちゅっと頬にキスを返すと、イライアスのかぶっていたフードが捲《めく》れ、銀色の三角耳がぴょこんと姿を現す。銀色の尻尾も、馬車の座席を叩く勢いでパタパタと揺れていた。

（ふふ。喜んでいるのね、かわいい）

彼の特殊な感情表現が、たまらなく愛しい。

レイラは思わず、愛する夫をぎゅうっと抱きしめた。

ポーラが求めているエドモンの形見のナイフなら、レイラにも見覚えがあった。柄《つか》に幾何学模様が施されたもので、たしか砦の警備兵だった頃、恩人から譲り受けたと言っていた。

「おかしいわ。たしかこの辺に入れていたはずなんだけど……」

レイラは食堂の棚の引き出しを漁りながら首を傾げた。

「入れる場所を移したのかもしれない。俺は奥の部屋を見てこよう。キースは納屋の方を頼む」

イライアスがそう言い寝室の方へと消えていった。キースも裏口から外へと出ていく。

（それにしてもこの家、本当に懐かしいわ。ここで暮らしていた頃が、遥か遠い昔のよう）

ナイフを探しつつ、懐かしい家の匂いを感じながら、レイラは感慨にひたる。

あれから、本当にいろいろなことが起こった。この家でポーラとつつましやかに暮らしていた頃は、まさか自分がこの国の皇后になるなんて、思ってもいなかった。

そのときだった。

「あれ……？　レイラ？」

そんな声がして振り返ると、茶色い髪の男が立っていた。ダニエルだ。

「ダニエル！　結婚式以来じゃない？」

友人との再会を喜び、レイラは顔を輝かせた。

「ああ、そうだね。怪しい馬車が停まっていたから様子を見に来たんだけど、まさか君がいるなんて驚いたよ」

「ポーラの希望で、エドモンの形見を取りに来たの」

「そうだったんだね、また会えて嬉しいよ。遠い存在の人になってしまったから、まさかこんな風に話せるとは思わなかったな」

ダニエルが笑みをこぼす。

「ねえ、コレットおばさんは元気にしてる？」

「ああ、元気にしてるよ。今年はぶどうが豊作で、家を建て替え――」

「――レイラ」

嬉々としたダニエルの声は、低い声によって遮られた。

いつの間にか、ナイフを手にしたイライアスが、食堂の入り口に立っていたのだ。

「ナイフはこれで合っているか？」

「そう、それです！　イライアス様、見つけてくれてありがとうございます」

レイラがナイフを持ったイライアスの方に駆け寄ると、ダニエルが後ずさる気配がした。

「じゃ、じゃあ俺はこれで失礼するよ」

「え、もう帰るの？」

「ああ、ちょっと用事を思い出しちゃって、ごめん」

「そうなのね。残念だけど、また手紙を書くわ」

「……本当かい？　楽しみに待っているよ」

ダニエルはそう言い残すと、飛ぶように家を出ていってしまった。

(ダニエル、なんだか急に顔色が悪くなったみたいだけど、大丈夫かしら？)

ダニエルの消えていったドアを、心配そうに見つめるレイラ。イライアスの方は、なんだか機嫌が悪そうだ。

ここに来る馬車の中でレイラをずっと膝枕していたから、疲れているのかもしれない。

「イライアス様、お疲れですか？　よろしかったらお茶をお淹れしますので、少し休まれてください」

「ああ……いや」

不機嫌顔だったイライアスが、我に返ったように表情を和らげる。

「疲れてなどいない。せっかく空気のきれいな地方に来たんだ。息抜きのためにも、キースを置いてふたりきりで遠出をしないか？」


数分後。

レイラは獣化したイライアスの背に乗り、夕暮れに染まる空のもと、青々とした平原を駆け抜けていた。

（もふもふだし風は気持ちいいし、夢みたいだわ！）

ビュンビュンと風を感じる中で、もふもふの銀色の毛に頬を寄せる。気分は爽快で、多忙な日々のことなどすっかりどこかに飛んでいってしまった。

（なんて最高なの！）

狼になり、レイラを背中に乗せて遠出したいと言い出したのは、イライアスだった。

『君は俺の獣化した姿が好きだろう。だから獣化が長く続くよう、訓練したんだ。今なら半日くらいはこの姿でいられると思う』

以前からレイラには、大人になったアンバーのもふもふを堪能したいというひそかな願望があった。イライアスが獣化してくれるたびに、こっそり盛り上がっていたのだが、気づかれていたらしい。

「イライアス様、本当に大好き」

レイラはイライアスの首にぎゅっと抱き着く。そんなレイラの気持ちに応えるように、狼姿のイライアスが、走りながら彼女の頭に頬を寄せた。

すっかり日が沈み、紺色の空に星が瞬き始めた頃、ふたりは森の中にある湖に到着した。休憩しよう、とでも言うようにイライアスが足を止めたので、レイラは彼の背中から地面に下り立った。

満月が煌々《こうこう》と世界を照らす夜だった。揺れる水面に黄金色の月が映る景色は、うっとりするほど美しい。

「長くリネイラに住んでいたけど、こんな場所知らなかったわ」

レイラは靴を脱ぐと、湖に足をつけてみる。暖かい夜なので、冷たくて気持ちいい。

すると何を思ったのか、狼イライアスが勢いをつけて湖の中に飛び込んだ。

ザバッと水面から顔を出し、ブルブルと水気をはらうと、前足で器用に泳ぎながらこちらをじっと見つめてくる。

獣化したイライアスは言葉を話せないが、レイラには彼の言いたいことがなんとなく分かった。

「もしかして、私にも湖に入れと言っているのですか？」

こくりと頷く狼イライアス。

レイラは考える。

森の奥深くで育ったレイラは、湖で泳ぐのが好きだった。湖にひたした足は気持ちいいし、レイラも久々に泳いでみたい。

（でも、裸になるのは恥ずかしいわ。閨事《ねやごと》のときに何度も裸を見せてるから、今さらではあるけど、屋内と屋外じゃ違うし）

そんなことを考えながら、じっと狼イライアスを見つめる。湖で器用に泳いでいる彼はかわいかった。そして、気持ちよさそうで羨ましい。

そうだ、とレイラはひらめいた。

（人間の姿のイライアス様の前で裸になるのは恥ずかしいけど、狼の姿の彼の前ならそうでもないかも）

男性といるというより、ペットという感覚に近いからだろう。

「イライアス様。服を脱ぐので、どうかそのままの姿でいてくださいませんか？　人間の姿に戻られると、ちょっと恥ずかしいので」

そう言うと、狼イライアスは首を傾げたあとで素直に頷いてくれた。

レイラは手や腕で体を隠しつつ、器用にワンピースドレスを脱ぎ捨てる。そしてドボンと湖に飛び込んだ。

「わあ、なんて気持ちいいの……！」

泳ぎながら、レイラは感嘆の声を漏らす。全身を包み込む水は清らかで、森の空気も美味しく、気分が高揚した。

レイラの泳ぎに合わせるように、狼イライアスもついてくる。

まるで『ここにいるよ』とでも言うように、琥珀色の瞳でこちらをじっと見つめる姿は、小さな頃のアンバーを彷彿とさせた。

レイラとアンバーは〝死霊の森〟の湖で、しょっちゅうこんな風に湖水浴を楽しんでいたのだ。

「ふふ。なんだか懐かしいわね、アンバー」

高揚した気分のまま、思わず狼イライアスをぎゅうっと抱きしめる。

水は冷たくて気持ちいいし、水で湿っているが狼のもふもふも最高だ。レイラがこれ以上ないほどの満足感を味わっていると。

「そうだな、レイラ」

突然男の声が頭上から降ってきて、レイラは驚きのあまりイライアスから手を離した。

だが水中でガシッと抱きとめられる。

レイラの頬に、ポタリと冷たい感触がした。銀色の髪から滴をしたたらせたイライアスが、真上から、じっとレイラの顔を覗き込んでいる。

裸の胸が、彼の逞しい胸板に押しつぶされる感触がして、レイラは慌てふためいた。

「イ、イライアス様!? 人間の姿に戻らないって約束したじゃないですか!」

「別に、約束はしていない」

「そ、それはそうですが……!」

下腹部に触れる硬い感触に気づき、レイラはみるみる顔を真っ赤にした。

(いつからこんなになっていたの? 狼だったときから……?)

まるでそれの存在を主張するように、水中でぐりぐりと太もものあたりに押しつけられ、レイラは恥ずかしさからうつむく。

「イ、イライアス様……」

「ん? どうかしたか?」

ぐりぐりを続けたまま、耳元で意地悪く囁くイライアス。それを入れたらどんなに気持ちいいか、もう嫌と言うほど教え込まれているレイラの体の奥は、自然と熱を帯びていった。

困惑していると、体をひょいと抱き上げられた。イライアスはそのまま湖の中を移動しレイラを淵に座らせると、問答無用で大きく足を開く。

「きゃ……っ！」

屋外でこんなあられもない姿をさらすのは初めてだ。レイラは急いで足を閉じようとしたが、屈強な彼の腕の力にはかなうはずもなかった。

「レイラ。月明かりに照らされて、てらてらと光っているぞ。水に濡れただけでは、こんな光り方はしないだろう」

「や……っ」

舌なめずりをしながら意地悪な言い方をされて、レイラはあまりの恥ずかしさから、両手で顔を覆う。しかしそこに彼の視線を感じているだけで、またトロリと蜜があふれるのが分かった。

「見れば見るほどあふれてくるぞ。ああ、なんて厭らしいんだ……」

イライアスがため息のようにそうつぶやき、静寂の中に、ぴちゃぴちゃという卑猥な音が響き始めた。

彼は濡れたレイラのそこを、丹念に舐め回している。

「んぁ……っ！」

レイラは耐えきれず、甘い嬌声を漏らした。

開いた花弁を食まれ、溝の隅々にまで舌を這わせられる。あふれた蜜を音を立てて吸い取られたら、恥ずかしいのに腰が浮くのが止まらない。

「ああん、イライアスさまぁ……っ！」

固くしこった蕾に吸いつかれながら、尖った胸の先をこすられたらたまらなかった。

レイラは顎を反らし、腰をビクビクと震えさせて、あっという間に果ててしまう。

「はあ、はあ……」

荒い息をつきながらイライアスの腕から逃れようとするが、彼はその行為をやめようとはしなかった。蜜のしたたる股間にしゃぶりつき、よりいっそう激しく舌を動かす。

「あああん……っ！」

一度果てたというのに、またあっという間に高みに押し上げられ、レイラは腰をわななかせた。

「……ダニエルという男にこんなことをされても、君は感じるのか？」

荒い息を吐きつつ、その行為を繰り返しながら、イライアスがそんなことを聞いてくる。

「え？　どうしてそんな……」

「……手紙を書くと言っていたじゃないか。以前、プロポーズもされたんだろ？」

どうやらイライアスは、ダニエルに嫉妬しているらしい。

（ダニエルは友達よ。心配することはまったくないのに）

押し黙っていると、突然体を抱えられ、水中へと半身を沈められた。

水の中で、猛ったものを、ずぶっと一気に挿入される。

「んんあぁぁ……！」

あっという間に最奥をつかれ、レイラは悲鳴に似た叫び声を上げる。

ズブズブという容赦のない律動が、間髪容れずに開始される。

「んっ、んっ、あっ、あぁ……っ！」

「なぜ黙る？　やましいことでもあるのか？」

イライアスは怒り口調だった。

普段は冷静な人なのに、レイラが絡むこととなると、時に狭量《きょうりょう》になる。

レイラはそんな彼の子供じみた一面ですら、たまらなく愛しいと思ってしまうのだ。

激しい律動に翻弄されながらも、レイラは彼にぎゅっとしがみつき、必死にかぶりを振った。

「な、何も、あぁっ、ありません……！　彼は、と、友達だから……んんっ、あぁぁ！」

「お前は誰のものだ？　言ってみろ」

「んっ、んっ、イ、イライアスさまの……」

「聞こえないぞ」

ズンッと強く奥をつかれ、レイラの目の前がまた真っ白に染まる。

チカチカと光る視界の中、レイラは口の端から涎をこぼしつつ、我を忘れて叫んだ。

「あああっ、イライアスさまのものなのぉ……っ！」

「そうか、分かった」

イライアスはようやく満足したように琥珀色の目を細めると、恍惚としているレイラに口づける。

そして舌を絡ませながら、再びじゃぶじゃぶと水の音を響かせ、激しい律動を再開したのだった。

「ん、んふう、あぁぁ……！」

湖の中で交わったあとは、陸で裸のまま乱れ狂うように体を重ねた。

草や木の香りが満ちる中で、月明かりのもと夢中で体を繋ぎ合わせていると、まるで獣になったかのようだった。

そして今、力尽きたレイラは、草の上で裸のままイライアスに抱きしめられている。

体中のどこにも力が入らない。

(息抜きが必要だからと連れてこられたけど、ある意味疲れ果てたわ)

「人間にならないって言ったのに……」

ぐったりしつつ、レイラは愚痴のようにつぶやいた。

するとイライアスが、レイラの額に優しいキスを落とす。

「許せ、レイラ。愛しているんだ」

(ずるいわ。そんな風に言われたら、なんだって許してしまうじゃない)

気持ち的には不満が残るのに、心はこのうえなく満たされていた。

レイラはイライアスの胸の中で、あきらめのため息をつく。

「私も愛しています、イライアス様」

そしてお返しとばかりに、愛する夫の胸のあたりに口づけたのだった。

本書は、2022年4月当社より単行本として刊行されたものに書き下ろしを加えて文庫化したものです。


この作品に対する皆様のご意見・ご感想をお待ちしております。

おハガキ・お手紙は以下の宛先にお送りください。

【宛先】

〒150-6019 東京都渋谷区恵比寿4-20-3 恵比寿ｶﾞｰﾃﾞﾝﾌﾟﾚｲｽﾀﾜｰ 19F
（株）アルファポリス　書籍感想係

メールフォームでのご意見・ご感想は右のＱＲコードから、
あるいは以下のワードで検索をかけてください。

アルファポリス　書籍の感想　検索

ご感想はこちらから

Noche BUNKO

元《もと》仔《こ》狼《ろう》の冷徹国王陛下《れいてつこくおうへいか》に溺愛《できあい》されて困《こま》っています！

朧月《おぼろづき》あき

2024年12月31日初版発行

文庫編集ー斧木悠子・森 順子
編集長ー倉持真理
発行者ー梶本雄介
発行所ー株式会社アルファポリス
〒150-6019 東京都渋谷区恵比寿4-20-3 恵比寿ｶﾞｰﾃﾞﾝﾌﾟﾚｲｽﾀﾜｰ19F
TEL 03-6277-1601（営業）　03-6277-1602（編集）
URL https://www.alphapolis.co.jp/
発売元ー株式会社星雲社（共同出版社・流通責任出版社）
〒112-0005 東京都文京区水道1-3-30
TEL 03-3868-3275
装丁イラストーSHABON
装丁デザインーAFTERGLOW
（レーベルフォーマットデザインー團 夢見（imagejack））
印刷ー中央精版印刷株式会社

価格はカバーに表示されてあります。

落丁乱丁の場合はアルファポリスまでご連絡ください。

送料は小社負担でお取り替えします。


ISBN978-4-434-35025-2 C0193